谨以此书，感恩父母，感恩祖国！

清风明月一路诗

赵瑞云 著

广东旅游出版社

中国·广州

图书在版编目（CIP）数据

清风明月一路诗 / 赵瑞云著. -- 广州：广东旅游出版社，2024. 12. -- ISBN 978-7-5570-3410-8

Ⅰ. I227

中国国家版本馆 CIP 数据核字第 20249WW289 号

出 版 人：刘志松
责任编辑：林保翠　李菁瑶
封面设计：艾颖琛
责任校对：李瑞苑
责任技编：冼志良
书名题字：赵瑞云

清风明月一路诗
Qingfeng Mingyue Yilu Shi

出版发行：广东旅游出版社
（广东省广州市荔湾区沙面北街 71 号首、二层）
邮编：510130
电话：020-87347732（总编室）　020-87348887（销售热线）
投稿邮箱：1604000379@qq.com
印刷：佛山家联印刷有限公司
（佛山市南海区桂城街道三山新城科能路 10 号）
开本：880 毫米 ×1230 毫米　1/32
印张：6.75
字数：130 千字
版次：2024 年 12 月第 1 版
印次：2024 年 12 月第 1 次印刷
定价：60.00 元

［版权所有　翻印必究］
如发现质量问题，请直接与印刷厂联系调换。

自序

清风明月心自闲

赵瑞云

一路前行，文学始终与我相随，不断予我柔软与力量。桃李春风，举杯邀月，她是酒；寄寓情愫，殷盼盈怀，她是香；激人奋进，催人出征，她是号；告别往事，疗愈心伤，她是药；照亮心巷，划破孤寂，她是光……

当下，世界正经历百年未有之大变局，生活与工作都不轻松，当"不以物喜，不以己悲"，闲时不妨多寄情山水，以文学自怡自解，江湖春秋有所寄，清风明月心自闲。

回首过往，每逢兴至，放下严肃的文稿，享受轻松的文字，沉浸于诗韵墨香，自在闲适，平添不少惬意；每次外出，观景睹物思古今，用心感受美的存在，敬畏自然的神奇与人工的巧慧；每当工作，忖度思维的逻辑与形象，以人文底色去理解治理与管理，像现代管理学之父彼得·德鲁克那样，从文学中吸取关于人性幽微处的各种观察和洞见。可以说，管理是科学又是艺术，在实践中文学艺术与现代管理能"同频共振"，相互交融；

文学不只可怡情养性，也可拉近人心的距离，增添人性的温度。

在各种文学形式中，我尤其钟情诗歌，庆幸生活在诗的国度，可以享受更多本民族诗歌的审美体验。从《诗经》开启诗的审美感觉，到《楚辞》提升诗的审美品位，因诗而内心变得更丰富、更从容。如同宋杨万里"拈著唐诗废晚餐，傍人笑我病诗癫"（《读笠泽丛书·其三》），也曾经历醉心于读诗写诗的岁月。如今，终于把自己散落在时光隧道中的诗片，结集呈现，在惴惴不安中，为自己的心路置一个驿站，也为情感宣泄辟一块园地。这一百三十五首诗，其中现代诗六首，近体诗一百二十九首（体裁包括七律、七绝、五绝），大多未曾发表过。"爱好由来下笔难，一诗千改始心安。阿婆还似初笄女，头未梳成不许看"（清袁枚《遣兴·其五》），书中小作是否"梳成"，"妆容"如何，应由读者评说。

本集诗作，与自然，与人文，面对面或跨越时空对话，或称颂善良与慈悲，或讴歌坚韧与勇气，或致敬真爱与牺牲，努力呈现温暖、向上、无私的美好，从一个侧面折射了时光荏苒、山海奔赴的家国情怀。伟大祖国幅员辽阔，山河藏国宝，日月耀人文，"无限江山无限好"（明文彭《雨花台》），"好水好山看不足"（南宋岳飞《池州翠微亭》）；越是行远，越对祖国河山之美、人文之美，感触更深，热爱更真，护卫之心更切。从株洲，到苏州，再辗转到广州，无论赛道与平台如何变换，文学馨香在，奔波疲倦无。"此心安处是吾乡"（北宋苏轼《定风波》），诗里诗外，心灵自然安放。

一路成长，对我文学影响深远的老师、长辈很多，在此谨列三位恩师。一是初中语文老师林达信先生，他私塾出身，最早引导我写诗临帖，教导我"笔正字正心正人正"；二是古代汉语老师唐文先生，他敬业专业，真诚育人，令人景仰与怀念；三是古代文学老师杨军先生，他师承学界泰斗霍松林先生，参与国家文化建设工程《全唐五代诗》与《儒藏》的编纂工作，育人教学科研都堪为师表，其言"写书法能写自己的原创诗作，是一种可贵的体面"，鞭策我至今。在我心中，三位长辈，是师是范也是光。

此时此刻，明月当空，令我想起四十多年前平生第一次看到"城里的月光"。月下的苏州，小桥流水，粉墙黛瓦，清辉笼罩，如同睡梦中披着轻纱的玲珑少女。美丽的姑苏，以她厚重的历史文化底蕴，值得所有青春奔赴。在姑苏的四年，放眼都是人文历史，满心都是诗词雅韵……身处江南文脉发源地，若不思接古人、情向古风，那真是不该有的辜负。诗作成书之际，谨向苏州古城，以及精心呵护她的人们致敬！以《望月》一诗为书的开篇，既是对苏州岁月的眷念，也是对青春的纪念与礼赞！

"家有敝帚，享之千金"。《清风明月一路诗》呈现在读者面前，"欲赋清诗写深愿"（北宋韩维《黄莲花》

其二），"画眉深浅入时无"（唐朱庆馀《近试上张籍水部》），敬请不吝指正。

最后，感谢家人对我"舞文弄墨"的理解支持，也感谢自己对文学的长情，于滚滚红尘中保持内心世界的宁静与丰盈。

二〇二四年秋月夜

目录

岁月华彩（六首） / 001

望月 / 002

凡花 / 005

琵琶语 / 008

致儿子 / 010

油　灯 / 015

致老师 / 018

都市咏怀（三十九首） / 020

广州 / 021

苏州 / 023

株洲 / 025

北京（三首） / 027

上海 / 030

深圳 / 031

天津 / 032

重庆 / 034

长沙 / 036

石家庄 / 038

太原 / 040

呼和浩特 / 043

沈阳 / 045

长春 / 046

哈尔滨 / 048

南京 / 050

杭州 / 052

合肥 / 054

福州 / 056

南昌 / 058

济南 / 060

郑州 / 062

武汉 / 064

南宁 / 066

海口 / 068

成都 / 070

贵阳 / 072

昆明 / 074

拉萨 / 076

西安 / 078

兰州 / 080

西宁 / 082

银川　/ 084

　　乌鲁木齐　/ 086

　　开封　/ 088

　　洛阳　/ 090

　　桂林　/ 092

感物思先（十六首）/ 094

　　曹雪芹（三首）/ 095

　　曾国藩（三首）/ 100

　　左宗棠（三首）/ 104

　　南越王赵佗　/ 108

　　介子推　/ 109

　　甲辰端午　/ 110

　　王昭君　/ 111

　　西施　/ 112

　　杨玉环　/ 113

　　貂蝉　/ 114

潮来潮去（十二首）/ 115

　　秦朝　/ 116

　　汉朝　/ 117

　　唐朝　/ 118

宋朝（三首） / 119

元朝 / 122

明朝 / 123

清朝 / 124

读史（二首） / 126

读史偶感 / 128

远行撷萃（二十三首） / 129

法门寺（五首） / 130

东岳泰山 / 135

南岳衡山 / 136

西岳华山 / 137

北岳恒山 / 139

中岳嵩山 / 141

衡山日出 / 143

韶山 / 144

洞庭湖 / 145

杭州西湖 / 146

太湖 / 147

苏州夜 / 148

岳麓书院 / 149

重访岳麓书院（二首） / 152

重登北京香山 / 154

重登岳阳楼 / 155

北宋宋陵（二首） / 156

情系家园（十五首） / 158

遥怀（三首） / 159

母校一中（二首） / 161

东阳湖 / 162

忆昔 / 163

白云山 / 164

越秀山 / 165

珠江 / 166

陈家祠 / 167

麓湖 / 168

港珠澳大桥 / 169

深中通道（二首） / 170

心丝语花（十三首） / 171

子夜 / 172

南下 / 173

新居 / 174

慈母 / 175

珍珠婚 / 176

示儿 / 177

无题 / 178

滚石三十周年广州音乐会感怀 / 179

抒怀 / 180

牡丹（四首） / 181

师情友谊（十一首） / 183

同窗致仕荣归 / 184

奉赠恩师（二首） / 185

赠师（二首） / 188

赠友 / 189

别校园（五首） / 190

附　散文 / 192

我的母亲 / 193

我的老师 / 197

后记 / 203

岁月华彩（六首）

望月、赏花、听曲，负笈、育儿、回乡，触景生情，感慨岁月馈赠。

望 月

延绵古今
俯视凡尘
今夜月色撩人

洒落庭径
听琴声细诉
满怀思绪无语

映照窗棂
伴学子苦读
成就功名追寻

轻抚玉臂
吻离人泪眼
爱恨喜怒难分
……

万户捣衣中

默默温慰辛劳的生民

驼马兼程下

不断拉近目标的距离

风花雪月的柔情

灯红酒绿的迷离

诗情画意的格韵

……

总随夜色深沉

分外鲜明

年年月月

月月年年

不断轮回

圆润的清辉

悯爱着凡尘

……

有谁知

仙灵的嫦娥

是否还在清冷的寒宫

执着的吴刚

是否迷失在桂花丛林

承载多少

厚重的牵挂与惆怅

于春江花林

于泪眼醉樽

悲欢离合

总是转换不停

仰望星空

月色撩人

一夕风花

绽放无数憧憬

月转朱阁

心满光明

且豪情一樽

敬天地雄风

凡 花

无名的山花
开在布达拉宫脚下
没有清香
没有婀娜
也没有谁
格外关注她

晨曦
照在花的脸上
晶莹闪耀
那是一夜的泪珠吧

寺院的钟声
惊扰了花的幽梦
几片花瓣承受不了
深重的思念

落到了满是阳光的地面

传说
有位英俊的宫中僧人
与青梅竹马的姑娘
一直守着海誓山盟
却不知他已在青海湖升了天堂
每天在宫角守望
她的泪水成血流淌
地上长出了鲜花
如姑娘一样美丽而凄凉

眼前的凡花
也许是难了的红尘
刻骨的相思
年复一年中
花谢花开
轮回绽放着坚贞
……

伫立广场

仰望天苍

亘古长风在周边荡漾

我衣角飘扬

思绪飞翔在辽阔的高原上

……

一阵尘沙吹过

迎面走来

一对青春男女

手绕佛珠

似乎念着

三百多年前仓央嘉措的诗句

向宫墙深处徜徉

琵琶语

周末茶香

挚友三人

雅间相约

忽然楼上传来琵琶语

每一节旋律

都幽怨着一段

巫山云巴山雨

郿州月江城霜

有粉额高扬

也有一脸残妆

我也盈眶

莫名渴望

浔阳秋夜的感觉

忽然出来长衫抱拳谢场

尴尬中失望

……

男儿

也这般柔肠激昂

感叹时空变幻

雌雄难辨

人生无常

茶与弦继续尽情舒张

一个无声芳香

一个意味深长

温润了夜色天凉

听弦声细诉

思华年乐章

更怀念青春梦场

握手没有泪眼

互道珍重

明天一切安好

如常

……

致儿子

滚滚红尘
你一声张扬
牵动三代人的柔肠
我的世界
从此因你而格外敞亮

每天的翻爬滚打
　咿咿呀呀
如暖阳
融化两肩冰霜
……
一声稚嫩的"爸爸"
是风雨兼程
　最珍贵的勋章

寒去暑往

你背上书包

行走如风

摇曳着校园的

幽兰芬芳

也曾

一次次校正脚步

唯恐风沙

吹落路标

失去方向

也曾

纠结如何管放

懵懂少年

隐形翅膀下

深藏秘密

不再与人分享

……

十八岁生日的烛光

照亮细腻的心思

渴望在眉宇间飞扬

你说

中国

从此多了一位青年的形象

远行是经久的梦想

像海燕

跨越重洋

时代给了你

比父辈更自信的

精神模样

一次次

满腹叮咛

装进行囊

挂念

往往在梦醒时分

　　满面流淌……

夜里张望着小床

守着电话

收拾你童年的

轻重武装

来电越来越少

声音越来越洪亮

生命有了知识灌浆

便愈发澎湃激昂

终于迎来你

神采飞扬

人生高光

花烛中

挽着新娘

款款走来

……

我泪眼中浮现

你深夜打着点滴

攥着妈妈粗糙手

那少年郎的模样……

不必感叹时间都去哪了

一段最美的成长

弥漫你的风华

见证我的风霜
只要你如期绽放
一路向阳
于你
于我
都是生活的奖赏

（本诗刊载在二〇二四年二月二日《羊城晚报》"云上岭南"，内容略有修改）

油 灯

一盏尘垢满面的油灯
静静躺在老屋的窗台
残损的底脚
似在无声诉说着
世态炎凉

捧在掌心仔细辨望
灯底的缺口
是我一次任性
跌落的痕伤
原来真是
伴我寒窗
见证我青葱艰难
并予我温暖的
那盏油灯

每一次灯起灯灭

情绪与色彩

你都见证

每一次笑与哭

生活的甘苦喜乐

尽入你光

那忽明忽暗

弱小的梦想

在摇曳中

渐渐清晰明亮

眼前

几十年后的相见

穿过岁月沧凉

与世事磅礴

即便你能忆起

又怎能认出眼前

这满头白发

就是那曾经的少年郎

不必感伤过往

有些岁月虽然简陋

步履却也铿锵

斗转星移

不灭的初心光芒

如你

深远悠长

致老师

> 题记：大学入校三十周年感恩辞。

是星光
指引前行的方向
是清泉
浇灌贫瘠的心壤
是桥梁
链接宽广的远方

从离骚橘颂
挺起笔直的脊梁
从诗风词韵
开怀潇洒的吟唱
从红楼梦幻
解读悲欢的无常

我们萦绕的心香

我们不倦的华章

我们共同的仰望

都市咏怀（三十九首）

生活、学习、工作地，匆匆而过的都市，抚今追昔，百感交集，意味深长。

广 州

秦皇始置任嚣城①，千载商都有颂声②。
第一商交通世界③，无穷粤韵尽风情④。
云山珠水天工惠⑤，贞史雄才世事宏⑥。
四季如春宜居业，包容开放众兼程。

注：

①秦始皇统一岭南后，在广州地区设南海郡。当时南海郡尉任嚣在现中山四路旧仓巷附近修建"任嚣城"，广州为郡治所在地。

②自秦汉至明清两千多年间，广州一直是中国对外贸易的重要港口城市，是海上丝绸之路的起点之一，被誉为"千年商都"。

③中国进出口商品交易会永久会址在广州，当初被称为"第一国展"。

④粤语的发音抑扬顿挫，韵律、节奏感强，朗朗上口。其九声六调，在表达情感和意境时具有独特的效果。从粤剧、

粤曲中可以感受到粤语文化的深厚底蕴。

⑤云山珠水,指白云山、珠江,广州的代表性自然景观。

⑥广州发生过三元里人民抗英、黄花岗起义等事件。

苏　州

阖闾规城定格方[1]，悠悠岁月水拥乡[2]。
虹桥静卧清波软[3]，木桨摇划画舫凉[4]。
史迹名园风韵事[5]，诗声曲宴镜颜香[6]。
江南文脉姑苏出[7]，人世天堂遍彩章[8]。

注：

[1]苏州古城的棋盘方形城市格局，在吴王阖闾建城时已基本定型，至今保持不变。

[2]苏州是"人家尽枕河"的江南水乡，水与城相拥相存。

[3]"水巷小桥多"是苏州一大特色，据南宋《平江图》记载，古城区共有桥梁三百五十九座。

[4]月色中扁舟游城，凉风习习，甚为惬意。

[5]如今苏州城区共有一百零八座园林。这些园林不仅数量众多，而且各具特色，共同构筑了苏州细腻精致的生活方式。其中，拙政园、留园、网师园、环秀山庄、狮子林、艺圃、耦园、沧浪亭、退思园等九处园林更是被列入《世界遗产名录》，

成为苏州园林中的瑰宝。这些园林不仅代表了苏州园林艺术的精华,也体现了中国古代园林建筑的独特魅力和高超技艺。每个人都能在苏州的园林中找到属于自己的那份宁静与美好。

⑥曲宴,指喜爱苏州昆曲、评弹的盛况。苏州评弹与昆曲、苏州园林一起,成为历史文化名城苏州的"文化三绝"。

⑦苏州府学千年,开辟了中国官办学校的苏式样板,成为江南文脉的源头和炽盛之地。

⑧苏州被誉为"人间天堂",处处有古迹及诗词;地铁站以古诗词装饰,非常别致。

株　洲

交通枢纽建宁城[①]，工业之花制造荣[②]。
茶岳云阳多秀色[③]，帝陵风雨有寒声[④]。
革新风雅思兴废[⑤]，抗日英雄忘死生[⑥]。
斗转星移青史古[⑦]，一生不了此中情。

注：

①建宁，株洲的古称。株洲是"火车拉来的城市"，多条铁路在此交会，株洲因此成为重要的交通枢纽。

②株洲作为新中国布局的八个老工业基地之一，依靠制造业起家，其工业发展历史悠久，基础扎实。如今"制造名城"名副其实，轨道交通、航空航天、新能源装备制造齐头并进。

③茶陵云阳山，号称"小南岳"，以雄秀著称。

④炎帝陵，是中华民族始祖炎帝神农氏的安息地，享有"神州第一陵"之誉，位于湖南省株洲市炎陵县鹿原镇鹿原陂，地处海拔一千四百多米高的山区，阴冷多雨且偏僻。自宋乾德年间建庙之后，已有千余年历史。在历史长河中，炎帝陵

经历了多次的修建和破坏，明清两朝炎帝陵大规模的修缮超过七次。最严重时，所有的附属建筑物几乎被夷为平地。

⑤明朝内阁首辅大臣李东阳，茶陵诗派领袖，主张以杜甫的诗风加以匡正，并且注重诗歌语言的艺术。茶陵诗派具有脱离台阁体公式化形式的意义，代表作品展示了广阔的社会视角，表现了作者个人的真情实感和精神状态，其诗风自然清新、意趣横生，不刻琢，有浓烈的生活气息。

⑥株洲籍左权等革命先辈在抗日救国中，英勇牺牲。

⑦株洲地区历史悠久，尤其是攸县，其连续历史超过两千两百年。

北 京（三首）

其一

王母山东燕脉前①，九州龙首帝皇天②。
周侯封邑开宏业③，元祖鸿都立霸权④。
朱棣钟情皇府地⑤，福临属意佛师禅⑥。
前朝更爱金陵气⑦，新定北京国祚绵⑧。

注：

①王母山，即太行山。燕脉，即燕山。

②北京的风水布局不仅体现了中国古代的风水学说和君权神授的思想，还展现了古人对于自然环境的尊重和和谐共存的理念。

③周武王灭商后，封其弟姬奭于燕地，都城在燕都（今北京市房山区的琉璃河镇）。燕国后为秦国所灭。

④元祖，指元世祖忽必烈。忽必烈改国号为元，元朝定都大都，在金的离宫附近重建新城，俗称元大都。

⑤明成祖朱棣取得皇位后,将他做燕王时的封地北平府改为顺天府,建北京城。朱棣迁都北京后,以南京为陪都。

⑥清军在山海关之战中击败大顺军,进占北京。1644年十月,顺治帝(爱新觉罗·福临)将都城从沈阳迁都北京,其后出家为僧。

⑦前朝,指中华民国,初定都南京,同年三月迁都北京,将北京改名为北平。北伐军攻占北京,北洋政府下台后,民国政府首都又迁回南京。

⑧新中国成立,定都北京。

其二

民族精英护古城[①],保全文化建和平[②]。
太康盛世人民幸,华宝流芳故院琼[③]。
南北英才风骨傲,往来贞令笑颜盈。
英碑刻记红旗艳,大国驰骋有道行。

注:

①②北京和平解放,全城历史文物、文化遗存免于战火。
③华宝,指巧夺天工的宝物;故院,指故宫。

其三

各路英雄济世情,腥风血雨共和成。
三千岁月沧桑过[①],五百桥狮日夜睁[②]。
城定民安还聚叙,官清政稳不迷行。
广场肃静晨风立[③],乐曲催人奋进声。

注:

① 北京已建城三千多年。
② 指卢沟桥五百多只石狮子。
③ 广场,指天安门广场。

上 海

魔都海派世皆闻①,古庙城隍有道君②。
风雨百年留史册,文明两朵映江城③。
大家荟萃英才众,实力高深国誉纷。
精致明珠光熠熠④,潮流风范看沪行。

注:

①有人说,"两千年历史看西安,一千年历史看北京,一百年历史看上海"。从开埠,到今日成为国际大都市,早期的开放对上海魔都魅力形成影响深远。

②上海城隍庙始建于明永乐年间,是道教正一派的宫观。

③上海几百年前,是扬子江口的沙洲,一个小渔村,只有七八条街巷,居民不到百户。当大航海时代与工业文明的到来,中西方文化交汇,成就了精致的上海。

④明珠,既指外滩的东方明珠塔,又指上海本身,一语双关。

深　圳

千载渔村动地涛，春天故事激群豪。
赤湾左炮硝烟去[①]，永泰城墙铁壁牢[②]。
逐鹿三更新技出，扬尘一夜旧规淘。
百年变局标兵立，活力青春靠众鏖。

注：

①深圳赤湾左炮台，建于清康熙年间，鸦片战争期间，赤湾左炮台为林则徐的禁烟运动发挥了重要作用，现存历史建筑和文物。

②"永泰城墙"，是深圳市内保存最完好的明代城墙之一，也是南头古城最具代表性的建筑。

天　津

隋朝通汇口河场①，故里津门柳画祥②。
钟冠鼓楼声韵远③，院禅佛像炷香长④。
时空劝业沧桑印⑤，学府滋人岁月光⑥。
伫立金汤西向望⑦，京师金水海棠芳⑧。

注：

①天津始于隋朝大运河的开通。"三会海口"是天津最早的发祥地。口河，是河口的倒装。

②"津门故里"，是天津的古文化街；杨柳青历史悠久，以年画闻名，展现了天津古老的文化和历史风貌。

③天津鼓楼的大钟，被誉为天津的"钟王"。鼓楼高耸，钟声悠远，鼓楼及周边的商业街，既是风景线，也是新的旅游胜地。

④大悲禅院位于河北区，因寺内供奉大慈大悲观世音菩萨而得名。禅院始建于明末清初，寺内香火旺盛，面积不大，布局素雅，多古迹文物，十分古朴。寺内有玄奘法师纪念堂、

弘一法师纪念堂等。东院殿内供奉从魏晋到明清各代的佛、菩萨造像几百尊。

⑤劝业，指劝业场，是天津商业的象征之一，由法国籍工程师慕乐设计，曾是中国北方最大的综合性商场，人称"不到劝业场，枉到天津卫"，如今作为全国重点文物保护单位，承担着传承历史记忆的责任。

⑥学府，为"学府北辰"的简化，指代最好的学校，象征着卓越和引领，南开大学在抗日战争时期与北京大学、清华大学等学校组成西南联合大学，被誉为"学府北辰"，意指其在学术界的卓越地位。

⑦金汤，指金汤桥，位于海河之上，有一百二十五年的历史，见证了天津解放的历史时刻。

⑧金水，指金水桥，位于天安门前。北京的海棠品种非常丰富，其中西府海棠最常见，为高雅的象征。

重 庆

秦筑巴城始建迎[①],光宗南宋命今名[②]。
五山石刻添新彩[③],三圣岩栖共显荣[④]。
千载夔门天下险[⑤],十条古栈世间行[⑥]。
巫峰云雾诗情美[⑦],歌乐陵园有泪盈[⑧]。

注:

①秦国灭巴国后,屯兵江州,筑巴郡城(江州城),城址在今朝天门附近。秦朝分天下为三十六郡,巴郡为其一。

②南宋光宗升恭州为重庆府,此为重庆一名之始。

③大足石刻,以五山石刻为主。唐末,北山石刻开始凿造,至大足宝顶山石刻完工,历时七十余载,为南宋僧人赵智凤主持营建的佛教道场。

④三圣,指儒、佛、道的代表人物,同窟石刻,难得一见。

⑤夔门,又称瞿塘关,位于重庆市奉节县瞿塘峡西口的长江北岸,是长江三峡西端的入口处,自古以来是兵家必争之地,被誉为"夔门天下雄"。

⑥重庆古栈道丰富,至今仍可行的主要有十条。
⑦历代诗人借巫山咏诗。
⑧歌乐陵园,指歌乐山烈士陵园。

长 沙

楚汉名城举国闻[1]，潇湘洙泗位鸿纷[2]。
江中击水争先浪[3]，洲上忧民著巨文[4]。
贾傅才情多惜恨[5]，屈平辞赋自吐芬[6]。
千秋惆怅铜官怨[7]，岳麓山楼绕紫云[8]。

注：

[1]长沙被誉为"楚汉名城"，拥有丰富的历史文化遗产，如马王堆汉墓、四羊方尊、三国吴简、岳麓书院、铜官窑等。

[2]"潇湘洙泗"源于北宋文学家王禹偁的《潭州岳麓山书院记》，他将长沙与孔孟的家乡"洙泗""邹鲁"相提并论。洙水和泗水是鲁国的两条河流，孔子曾在这些地方聚徒讲学，后来"洙泗"便代称孔子及儒家。因此，"潇湘洙泗"不仅指长沙在文化教育上的成就，也象征着长沙作为儒家文化传播重要地点的历史地位。

[3][4]毛泽东早年与同学在湘江游泳锻炼身体与胆魄，在橘子洲头商议政事，为报刊撰写时事评论。

⑤贾傅,即长沙太傅贾谊,西汉著名政论家、思想家和文学家。

⑥屈平,即屈原。

⑦长沙铜官窑,始于初唐,盛于中晚唐,技艺娴熟,出土窑瓶上有诗云"君生我未生,我生君已老。君恨我生迟,我恨君生早"。

⑧岳麓山楼,指岳麓书院。

石家庄

北望京津燕晋喉[1],百年都会竞风流[2]。
秦皇古驿谋深尽[3],伏祖神图解不休[4]。
横跨千秋桥第一[5],直挥七进义无俦[6]。
正前金色秋收浪,必定稠仓满眼眸。

注:

[1]石家庄地处京畿重地、燕赵故里,东临渤海,西依太行,北望京津,南接中原,素有"南北通衢、燕晋咽喉"之称。

[2]石家庄建城才百年。

[3]秦皇古道,是世界最早的古驿道,石太公路、石太铁路倚其而过,是古陆路交通道路的实物,佐证了秦始皇车同轨的历史。

[4]中华人文始祖伏羲氏在新乐繁衍生息。伏羲参悟四方,始作八卦,以通神明之德,以类万物之情。至今八卦神图仍有许多待解之谜。

[5]桥第一,指现存最早的敞肩石拱桥"天下第一桥"赵州桥。

⑥七进,指赵云"七进七出"救阿斗的事迹,发生在东汉末年的三国时期,彰显了赵云的英勇与忠诚。赵云(子龙),三国名将,常山真定(今河北正定)人。

太 原

环山傍水谷平原[1]，锦绣风流史册尊[2]。
父子姬家成晋国[3]，孤儿赵氏筑城根[4]。
刘公文武闻鸡舞[5]，狄相贤良出誉门[6]。
猛将精忠杨氏烈[7]，贾商大院似棄园[8]。

注：

[1][2] 太原古称晋阳、并州，三面环山，黄河第二大支流汾河自北向南流经，城市在河谷平原上。自古有"锦绣太原城"的美誉，是北方军事、文化重镇，世界晋商都会；历史上能人辈出，千古风流。

[3] 姬家父子，指姬虞（唐叔虞）与其子燮（燮父）。姬虞，西周时期晋国始祖、三晋文化创始人，周武王姬发之子，封地唐国，史称唐叔虞。姬燮（燮父），姬虞之子，迁居晋水之旁，改国号为晋，是为晋侯燮。父子两人为晋文化、晋国创立功在千秋。

[4] 孤儿赵氏，指赵鞅，即赵简子，是春秋末年晋国的重要

政治家、军事家、改革家,战国时期赵国的奠基人,其祖父是著名的赵氏孤儿赵武,父亲赵成曾任晋国上将军。赵鞅以其才干和改革精神,逐渐在六卿中脱颖而出。为了巩固赵氏的根基,赵鞅命家臣董安于在其领地内兴建晋阳城。晋阳城后来成为赵国的重要根据地,也即今天的太原市。

⑤刘琨,晋大臣,政治家、文学家、音乐家、军事家。将领祖逖与好友刘琨年轻时,因对国家现状感到愤慨,共同立志为国家出力,约定每天听到鸡鸣就起床练剑,经过长期的刻苦训练,最终成为文武双全的人才,实现了他们的报国之志。成语闻鸡起舞即源于此。

⑥狄相,指狄仁杰,并州人,唐朝政治家、武周宰相。他举荐了数十位忠贞廉洁的官员,如张柬之、姚崇等,这些人在狄仁杰去世后恢复了唐王朝的统治。有人誉之"天下桃李,悉在公门矣",后世便用成语"桃李满门"或"桃李满天下"来比喻学生众多或到处都有。

⑦据《宋史·杨业传》载,"杨业,并州太原人。"由此类推,因杨业而衍生的杨家将自然算太原人。北宋时,杨家将为国御敌,满门忠烈。

⑧晋商衰落原因比较多。其一,"以末致富,以本守之"的传统观念,也是束缚晋商发展的重要因素。入清后,晋商普遍购置土地,存在外出经商致富后回家盖房置地养老的传

统观念，其商业资本不利于向近代资本发展。其二，墨守成规，思想保守。随着外国资本主义的侵入，旧有的商业模式被打破，但是晋商思想顽固，失去四次票号改革机会。

呼和浩特

明建青城草绿田①,悠悠北望尽山烟②。
昭君冢上桑花馥③,敕勒歌中末路煎④。
云郡春秋还几将⑤,匈奴日夜哭大川⑥。
诗人到此多怀古,伫立西风国事牵。

注：

①呼和浩特为蒙古语的音译,意为"青色的城",寓意着亲切、质朴和希望。明万历年间,阿勒坦汗和他的妻子三娘子在该地区正式筑城,城墙用青砖砌成,远望一片青色,"青城"之名由此而来。长城沿线的人们为纪念三娘子,将此城称作"三娘子城"。

②呼市北面环绕着大青山,茫茫一片。

③昭君的衣冠冢在市域内。

④敕勒川位于阴山山脉中段大青山,也就是汉代的"前套"地区,云中郡一带。这一带远古时"草木繁茂、多禽兽"。敕勒川地处游牧民族与农耕民族交汇处,要掌控天下,须掌

控阴山以南。战国时期,赵武灵王在敕勒川地区建立马苑,放牧军马,学习胡服骑射,称雄一时。鲜卑拓跋部在这里起步,建立了北魏政权,整个平原充满了鲜卑族或北魏的人马。鲜卑的强势,导致敕勒族被迫迁徙到了敕勒川。北魏分裂为东魏和西魏后,东魏的实权被丞相高欢掌控,西魏的实权则被权臣宇文泰掌控。无论经济实力还是军事实力,东魏都远超西魏。但东魏高欢多次攻打西魏失败,为稳定军心,高欢让手下斛律金作《敕勒歌》,当歌声响起,他也"哀感流涕"。这就是《敕勒歌》产生的历史背景,它愉快的歌词背后,沾染着英雄末路和暮途思归的悲壮色彩。或许没想到,这首歌也成了一代枭雄最后的挽歌。

⑤赵武灵王至秦汉,呼市一直为云中郡,因是要地,前后战事不断。

⑥很多游牧民族先后在敕勒川生息繁衍,敕勒川更是匈奴人狩猎的最佳场所。匈奴人自汉代阴山失守后,每每经过阴山都会流泪,可见阴山对于匈奴至关重要。

沈 阳

满清两代帝王都[①]，一跃呈祥盛业铺[②]。
故院静听风雨顺[③]，凤楼远眺古今殊[④]。
人非物是张王去[⑤]，事往心惊奉地呼[⑥]。
不遇百年犹巨变，国家外患更防虞。

注：

①②沈阳是清朝发祥地，素有"一朝发祥地，两代帝王都"之称。明天启年间，清太祖努尔哈赤迁都于此，皇太极建盛京城，并在此建立清朝，沈阳一跃为清代两京之一的盛京皇城，开始成为东北中心城市。

③④故院，指沈阳故宫博物院；凤楼，指凤凰楼，是沈阳故宫博物院的重要组成部分，是沈阳故宫内最高建筑，始建于清太宗天聪年间，具有近四百年的历史，是沈阳故宫博物院最具代表性的建筑之一。

⑤张王，指张大帅及其子；昔日的帅府成了博物院，一别故土人未归。

⑥奉地，指奉天，即沈阳，"九一八"事变发生地。

长　春

北国春城汽影基[1]，皇宫伪满耻心时[2]。

江桥一响先开火[3]，马将多番上战驰[4]。

净月森林冰雪急[5]，华街重器别家离[6]。

复兴之路芳华忆[7]，日出东方更有诗[8]。

注：

[1]长春是我国最早的汽车生产基地与电影制作基地之一。

[2]长春伪满皇宫，是日本人打造的豪华宫殿，曾经是末代皇帝溥仪的居住地。

[3][4]马将，指江桥抗战中的长春抗日爱国将领马占山。"九一八"事变后，马占山率领爱国官兵奋起抵抗日本侵略军，后在日军进攻下退入苏联境内。"七七事变"后，马占山重上抗日前线，坚持武装抗日。解放战争期间，为和平而奔走，对和平解放北平立下功劳。

[5]净月，指长春净月潭，是亚洲最大的人工森林公园，森林覆盖率达到了百分之九十六以上，夏季是避暑胜地，冬天

就成为冰雪世界。

⑥华街，指长春东中华路，这条路出了几十位名儒大家、科学巨匠，包括朱光亚、唐敖庆、蔡镏生、匡亚明、成仿吾等，他们是国家多个领域的泰山北斗，从四面八方聚集到吉林大学。

⑦长春复兴之路饭店，装修风格复古，大红灯笼、老旧照片和特色物件等装饰元素让人仿佛穿越时空，不禁抚今追昔，感慨芳华易逝。

⑧站在大顶子山顶，长春日出第一缕阳光洒在大地，万物苏醒景象壮观。

哈尔滨

欧亚连桥异彩东[1],北城魅力实无穷。
一朝两代原生地[2],四月满城半是风[3]。
方正湖莲诗韵洁[4],太阳岛阁曲桥工[5]。
天鹅项下明珠艳[6],林海茫茫缅烈雄[7]。

注:

[1]哈尔滨被誉为欧亚大陆桥的明珠,是第一条欧亚大陆桥和空中走廊的国际性综合交通枢纽。

[2]哈尔滨是国家历史文化名城,是"一国两朝",即金、清两代王朝发祥地,金朝第一座都城就坐落于今哈尔滨市阿城区,清朝肇祖猛哥帖木儿出生在今哈尔滨市依兰县,金源文化由此遍布东北。

[3]四月的哈尔滨,春风送爽,阳光和暖,城市里一半是春风,一半是阳光。

[4]莲花湖,原名莲花泡,位于哈尔滨市方正县西,现有莲花万株,因地理环境独特、天然生长莲花而得名。

⑤太阳岛上仿苏州乾隆御花园的建筑水阁云天,水上有阁,阁下有湖,湖边有山,山上有亭,是哈尔滨人快乐的回忆与情怀。

⑥哈尔滨被喻为天鹅项下的明珠。

⑦茫茫林海雪原,无数优秀中华儿女同侵略者进行了艰苦卓绝的斗争。英雄不朽,忠烈流芳。

南　京

王气金陵始芈商①，六朝都古史辉煌②。
郑和出使明威望③，贡院伦魁实力强④。
终老江宁文相息⑤，抗金牛首岳军昂⑥。
永铭国耻伤心泪，淮水风华写伟章⑦。

注：

①熊商，即楚威王，楚宣王之子，楚怀王之父，战国时期楚国国君。金陵城，始于楚威王筑金陵邑。楚威王是战国时期楚国颇有作为的君王。他在位时期，继承楚宣王振兴楚国的事业，在徐州大败齐军，并在金陵（今南京）筑城，从而将楚国的势力扩张到了江淮地区，楚国的经济、军事得到了迅速的发展。

②东吴、东晋，南朝的宋、齐、梁、陈相继在南京建都，故称"六朝古都"。

③明成祖朱棣决定派郑和下西洋，极大地扩大了明朝对外交往的范围。

④伦魁，即夺得状元。明清时期，全国一半状元出自南京江南贡院。

⑤文相，指北宋丞相王安石，谥号"文"，世称王文公，三任江宁知府，在南京居住多年，选择在南京终老一生。

⑥牛首，指南京牛首山一带，南宋岳飞大败金兵于此。

⑦淮水，秦淮河的别名。不少文人墨客在南京写下了不朽诗章，历史上南京始终是十分重要的经济文化中心。即便朱棣迁都北京后，仍将南京改为留都，设六部等机构，行双京制，应天府（南京）和顺天府（北京）合称二京府。明清至今，南京在科教文经上都举足轻重。如今，秦淮河不再是权贵巨贾风花雪月之地，秦淮儿女不断抒写着社会进步、经济繁荣的新篇章。

杭　州

东南名郡两朝都[1]，荡漾清波圣白湖[2]。

天目峰池千树景[3]，月轮塔寺一江图[4]。

堤承垂柳春风戏[5]，夕照青山暮鼓孤[6]。

旧梦临安无觅处[7]，暗香浮动沁街衢[8]。

注：

[1] 杭州是华夏文明的重要发祥地，以"东南名郡"著称于世。距今五千多年前的良渚文化被称为"中华文明的曙光"。自秦时设县治以来已有两千两百多年历史。废钱唐郡置杭州，杭州之名首次在历史上出现。五代吴越国和南宋王朝两代建都杭州。

[2] 圣白湖，泛指杭州多湖泊，除了西湖，还有白马湖、三白潭等。西湖，因传说中有金牛在湖内涌现，象征祥瑞，故又名明圣湖。白马湖位于滨江区南部越王城山北麓，与西湖隔江相望，被誉为"杭城双璧"。三白潭属于余杭区最大的淡水湖泊，与京杭大运河相通。

③天目山，位于杭州市临安区，以其东西两峰和顶上的池子著名。

④月轮山，位于西湖区，因其诗意的名称和传说故事而闻名。千年古塔六和塔就矗立在山腰，登塔望江观潮，美景如图尽收眼底。

⑤苏堤两旁种植了大量的柳树，与苏堤上的六座桥梁共同构成一道美丽的风景线，增添了西湖的美；柳树的新叶与堤上的桃花相映成趣，为杭州勾勒了一幅美丽的画卷。

⑥夕照山，位于西湖区，因雷峰塔而著名，夕阳西下时景色特别美。

⑦历代宫苑宅邸的园林意境之美、韵味之深，当首推南宋园林，以都城临安最为典型，体现"三远"，即"高远、深远、平远"的意境。

⑧"暗香浮动月黄昏"，为宋代诗人、著名隐士林逋句，此借指如今杭州大街小巷，花卉错落有致，置身其中，心旷神怡。

合 肥

江南唇齿古州庐①,西望奇山东出滁②。
清阁黎民思洁吏③,赤桥旧梦寄残墟④。
雅文韵事香楼更⑤,西术新声学殿除⑥。
科技黉门今赋任⑦,中华智造有芯车⑧。

注:

①合肥,古称庐州,是自古兵家必争之地,"淮右噤喉,江南唇齿",战略地位重要。

②奇山,指大别山,合肥北倚江淮分水岭,南临巢湖,西望大别山区,东出滁(涂)水河谷,处江淮间中心地带。

③清阁,指清风阁,位于合肥市包公园内,是一组集纪念、展示、游览、休闲于一体的大型仿宋综合性建筑群,为纪念包拯(合肥人)诞辰一千周年而建。宋吏,指廉吏包拯。

④赤桥,指赤阑桥,亦称赤栏桥,是合肥包河区的一处重要建筑,一座为文人们津津乐道的桥梁,因其与南宋著名词人、音乐家姜夔的一段情缘而闻名。姜夔,字尧章,自号"白石

道人",是江西鄱阳人,他的许多诗词都与合肥及赤阑桥有关。

⑤稻香楼始建于清康熙年间,由龚家所建,最初为文人雅士吟咏唱和的场所。历经风雨,多次毁修,后重建成稻香楼宾馆,见证了合肥的历史变迁。作为合肥的老地标之一,稻香楼承载着丰富的历史文化内涵,曾接待过众多国家领导人和知名人士,是合肥对外交流的重要窗口。

⑥学殿,指"西学堂"。清末淮军重要将领、台湾省首任巡抚、合肥人刘铭传,大力发展近代教育,在全台各地开办了几十所书院、义学、官塾,兴办了一座"西学堂"(后来被接任巡抚邵友濂裁撤)。离台时,他把朝廷历年来给他的养廉银和赏银,都留给西学堂和番学堂,是推动台湾现代化建设的先驱。

⑦市内有中国科学技术大学等著名高校。

⑧合肥的科技创新产业,尤其是芯片与电动汽车研制生产在全国举足轻重。

福 州

建缘西汉字名山[1],习习清风细雨闲[2]。

向海昙山开茂叶[3],闯洋乐港带欢颜[4]。

杏林春暖成神圣[5],船政文精誉宇寰[6]。

七巷三坊半部史[7],榕城儿女仍登攀[8]。

注:

[1]福州在汉高祖时建城,因福山得名。

[2]临近东海,温暖湿润,四季常青。

[3]五千年前,福州人从昙石山出发,向海进军,在太平洋岛国开枝散叶。

[4]明永乐年间郑和七下西洋,曾率船队多次在长乐太平港(今福州境内)停泊。

[5]"建安三神医"之一的董奉,侯官县董墘(一说董厝)村(今福州市长乐区古槐镇龙田村)人,医术高明,治病不取钱物,只要病愈者在山中栽杏树。数年之后,有杏万株,郁然成林。夏天杏子熟时,董奉便在树下建一草仓储杏。需

要杏子的人，可用谷子自行交换。董奉再将所得之谷赈济贫民，供给行旅。后世颂医家"杏林春暖"之语，盖源于此。由于医术高明，人们把董奉同当时谯郡的华佗、南阳的张仲景并称为"建安三神医"。

⑥清同治年间，闽浙总督左宗棠在福州马尾创办福建船政学堂，培养和造就了一批优秀的中国近代工业技术人才和杰出的海军将士，如严复、詹天佑、邓世昌等一代民族精英和爱国志士，第一次让世界了解了福州人的骨气、智慧和力量。学堂的辉煌只延续了四十多年，却展现了近代中国先进科技、高等教育、工业制造、西方经典文化翻译传播等丰硕成果，折射出中华民族特有的传统文化神韵，后世称之为"船政文化"。

⑦三坊七巷，位于福州市鼓楼区南后街，总占地约四十五公顷，是从南后街两旁从北至南依次排列的坊巷总称，自晋代发轫，于唐五代形成，到明清鼎盛，如今古老坊巷风貌基本得以传续。三坊七巷为国内现存规模较大、保护较为完整的历史文化街区，有"中国城市里坊制度活化石"和"中国明清建筑博物馆"的美称。林则徐、沈葆桢、严复、林觉民等大量对当时社会乃至中国近现代进程有着重要影响的人物，都是从三坊七巷走出来的。也因此，三坊七巷拥有独一无二的人文价值，赢得了"一片三坊七巷，半部中国近现代史"的美誉。

⑧福州别称"榕城"。

南 昌

汉将修城系灌婴[①]，豫章变换绕本名[②]。
两江一水钟灵秀[③]，神序千秋阁座惊[④]。
徐子守真唯说夜[⑤]，刘侯为客自端行[⑥]。
从来江右多才俊[⑦]，红色南昌永耀荣[⑧]。

注：

①②汉高祖刘邦派灌婴带兵修城，起名"南昌"，有"南方昌盛"和"昌大南疆"之义。三国时，南昌改名为"豫章"。唐朝时，为了避皇帝李豫的讳，改名为"洪州"。宋朝，宋孝宗在此当过王爷，此地升为"隆兴府"。元朝又相继改名为龙兴路、洪都府、南昌府。还有一种说法认为，"南昌"之名起自汉废帝刘贺。刘贺在山东济宁曾当过"昌邑王"，被推翻皇位，后带着家人到江西，被封为"海昏侯"后，心里非常郁闷，就将城名改为"昌邑"，把山东的昌邑改为"北昌邑"，把江西这个地方称为"南昌邑"，这也能解释刘贺墓出土的很多陪葬品中，都刻有"南昌"二字。

③两江指赣江、抚河，一水指鄱阳湖。南昌位于赣江、抚河下游，与鄱阳湖相连，是人文荟萃之地，有"物华天宝""人杰地灵"的美誉。

④神序，指王勃的《滕王阁序》。少年王勃才惊四座，千秋佳作佳话。

⑤徐子，指徐孺子，南昌人。面对陈蕃的征召，徐孺子没有接受，但有感于陈蕃的知遇，没有拒人千里之外，而以落拓布衣之身，踏进陈蕃的府邸，和他交游往来、彻夜长谈。作为回报，陈蕃在客房特设一张坐榻，专供徐孺子所用。他离开后，陈蕃更不怕麻烦，把他用过的坐榻悬挂起来，有几分虚席以待的意思。从此，"下榻"成为礼遇宾客的代名词。身处乱世，徐孺子静观时局，早早抽身退隐；陈蕃匡扶社稷，明知不可为而为之。两人都用自己的志行演绎了那个时代的文人风骨和气节。

⑥刘侯，指海昏侯刘贺。刘贺当了二十七天皇帝被废黜发配到江西做海昏侯后，表现相对低调谨慎，没有再像做皇帝时那样荒唐无度，注重个人修养和品德，在新的生活环境中安度余生。

⑦古书称江西为江右。

⑧南昌是千湖之城，更是红色之城、英雄之城。

济 南

天赐泉城地下霖[①],群英荟萃世间钦[②]。
神人扁鹊中医祖[③],勋将秦琼大唐心[④]。
千古阴阳梁相典[⑤],二安豪婉宋词音[⑥]。
岱宗余脉禅山盛[⑦],秋色烟湖半邑金[⑧]。

注:

①地下霖,指济南一千多口泉眼。

②自古至今,山东包括济南的政治、军事、文化等人才辈出、大师云集。

③济南人神医扁鹊被奉为"中医之祖"之一。

④隋末唐初大将秦琼,济南人,助李氏建立唐天下,又参加玄武门兵变,助李世民夺得帝位,拜左武卫大将军,贞观年间病死,追赠徐州都督,陪葬昭陵,李世民特令在其墓地立石人石马,以彰其功。

⑤阴阳五行,为济南人邹衍创始。梁相,指唐初政治家、史学家,一代名相,梁国公房玄龄。他参与制定典章制度,

使唐律比前朝明显宽松，律条完备；参与制定的《贞观律》，为后来的《永徽律》以及《唐律疏议》奠定了基础。

⑥二安，指宋代词人辛弃疾（字幼安）与李清照（号易安居士），分别为宋词豪放派与婉约派的代表性人物。

⑦济南千佛山为泰山余脉。

⑧秋色烟湖，华山湖一带风景即赵孟頫《鹊华秋色图》中所绘，如今华山湖与大明湖开通，明湖胜景更为壮观。邑，指泺邑，济南的古称。

郑　州

地处中原大地心[①]，夏商古邑豫州寻[②]。
两河黄洛文明史[③]，万载农耕礼乐音[④]。
百件青铜成礼范[⑤]，千年荥址现残金[⑥]。
嵩山东麓今城绿[⑦]，民族根魂祖帝荫[⑧]。

注：

①大地心，意为"天下之中"，郑洛地区在中华文明起源与形成的历史长河中有着重要的地位，被誉为"天下之中"。

②豫州，今郑州地区。在《史记》中就有"昔三代之居，皆在河洛之间"的记载。考古学家也在此发现了夏商时期的都邑性遗址。

③黄河、洛河是河洛文化的核心区域，拥有丰富的历史文化遗产，这些文化遗产共同构成了河洛文化的重要组成部分，展现了郑州在中华文明发展历程中的独特地位和作用。

④万载，形容郑州地区农耕历史悠长。仓廪实而知礼节，中原礼乐的形成基于农耕文明发展到一定的阶段。

⑤郑州地区出土了夏商周青铜器百多件，展示了古代工匠高超的铸造技艺，也反映了当时社会的政治、经济、文化状况，是华夏文明早期文化的精髓和代表，集中展现了中原地区青铜遗珍的厚重底蕴。

⑥荥址，指荥阳故城遗址，为军事要地，刘邦、项羽争夺之地。残金，指古代兵器。

⑦郑州，今被誉为"绿城"。

⑧黄帝故里，位于郑州市新郑市轩辕路1号。

武　汉

三镇隔江鼎立城[①]，华中枢纽赫然名[②]。
卧虹壮跨呈雄岸[③]，仙鹤高飞有寄情[④]。
首义枪声成革命[⑤]，魂神梅影自更生[⑥]。
东湖楚韵千秋在[⑦]，一曲钟扬世界惊[⑧]。

注：

①武汉由汉口、汉阳、武昌三镇组成，三镇隔江相望。

②武汉为华中的核心枢纽。

③卧虹，指武汉长江大桥，被誉为万里长江第一桥，也是新中国第一座公铁两用大桥，连接汉阳与武昌。

④仙鹤，代指黄鹤楼，历代多文人题咏。

⑤辛亥革命在武昌打响第一枪，武昌起义获得成功。

⑥以武汉市花梅花，喻英雄的武汉人民。武汉人民多次与敌人、与灾难斗争，并取得胜利。

⑦武汉被称作"千湖之城"，东湖为最大，历史上屈原、李白等不少名人曾在东湖留下足迹，东湖是最大的楚文化游

览中心,内涵丰富,东湖周边大学及科研院所云集,文化底蕴深厚。

⑧一曲钟扬,指湖北博物馆的"镇馆之宝"曾侯乙编钟(随州出土),如今还能演奏。它是战国早期曾国国君的大型礼乐重器,发音宏亮,音色优美,不仅是中国先秦礼乐文明与青铜器铸造技术的最高成就,还在多个学科领域产生了巨大的影响,改写了世界音乐史。

南 宁

邕州筑始李唐墙[1],平叛安疆马将忙[2]。
古巷苏魂民敬仰[3],桥边解语色春妆[4]。
三昆堂里呈高技[5],五圣宫中共福祥[6]。
世界风云交会急[7],前沿窗口启新航[8]。

注：

[1]邕州,南宁古称。唐朝开始筑建邕州城墙。

[2]马援,东汉重要军事将领。在东汉建立前后屡立战功,助破隗嚣、抚平羌乱、北击乌桓、二定交趾等,显示出其卓越的军事才能和战略眼光。曾任陇西太守,率军击破先零羌和参狼羌,平定陇右诸羌。后入朝任虎贲中郎将,再任伏波将军,领兵南下,平定二征起义,安定岭南,因功封新息侯。他老当益壮、马革裹尸,受到后人的崇敬。南宁建有伏波庙纪念他。

[3]苏魂,指北宋将领苏缄。他深受邕州百姓崇敬,为抗击交趾（今越南）攻击邕州,苏缄全家三十六人殉难。今金狮巷连接兴宁路处（殉难处）建立城隍庙,尊苏缄为邕州城隍,

城隍能驱除妖魔鬼怪，保一方平安。还在望仙坡（今市人民公园镇宁炮台处）建怀忠祠，祠额"怀忠"二字乃宋哲宗御笔。

④桥边，指海棠桥边；解语，解语花，即海棠花。横县海棠公园内海棠桥，始建于宋代，清乾隆年间重建，至今已有七百多年历史，海棠桥横跨香稻溪，犹如"长虹饮涧，灵鳌架空"，是闻名遐迩的名胜古迹。北宋绍圣年间，北宋词人秦观遭贬谪，曾于桥畔留下"瘴雨过，海棠开，春色又添多少？"的词句，海棠桥因此得名。秦观离世后，横州人民陆续为他重修了海棠桥，至今依然保护完好，古韵犹存。

⑤"三昆堂"，即德惠堂、光裕堂和敬修堂，是李萼楼庄园中最大的三座宅屋，工艺好，艺术价值高。李萼楼庄园建于清道光年间，距今已将近两百年的历史。

⑥五圣宫始建于清乾隆年间，供奉北帝、天后、龙母、伏波、三界五位民间圣神，故名。东南西北、左右内外，五神一起共一庙供奉，在道教史以及国内历史上实属罕见，充分体现了当地群众包容共存的宽厚胸怀。五圣宫如今道教信士的朝拜圣地。五圣宫的建筑工艺、美术技能均有独特之处，极具岭南风格。

⑦⑧南宁面向东南亚，背靠大西南，东邻粤港澳，南临北部湾，处于"一带一路"的重要节点，是中国与东盟开放合作的窗口和前沿。

海 口

风光旖旎气蓬呈,碧绿丛林浪万顷。
秀炮台曾防外敌[1],公祠园有怨皇情[2]。
洗龙水福家家佑[3],唱剧琼腔处处声[4]。
大庙感恩英冼母[5],至今海墓满香萦[6]。

注:

[1]秀英炮台是海南古代宏大的军事设施,是海南人民不畏强暴、抵御外敌的历史见证。

[2]公祠,指五公祠,是海南地区历史最悠久、建制规模最大、馆藏文物最为丰富的古典寺庙园林景观建筑群,同时也是海南贬谪文化的发祥地,始建于宋朝。

[3]洗龙水,是海南最有地方特色的端午节习俗。相比于吃粽子、赛龙舟,更为重要,是海南本土民众的神圣"仪式"。

[4]琼剧,又称琼州剧、海南戏,海南省海口市、定安县等地方传统戏剧,是闽南语系的传统地方戏剧之一,国家级非物质文化遗产之一。

⑤冼夫人是古代杰出的政治家、军事家,被奉为"岭南圣母",在我国南方乃至东南亚地区有着极高的声望。她出生于岭南高凉郡,家族世代为南越地区的俚人首领。冼夫人自幼贤明多谋略,成功使周边各族归服,并上疏梁武帝请求在海南岛设置崖州,使海南岛重新回归国家版图。

⑥海墓,指海瑞墓。海瑞,海南琼山(今海口市)人,著名的清官,逝世后其子将他运回老家海口安葬。他经历了明朝正德、嘉靖、隆庆、万历四朝,被誉为"海青天",深得民心。海瑞一生历任多职,其清廉形象更加深入人心。海瑞的事迹在民间广为流传,为后世清官典范。

成　都

开明氏族建城池①，秦并蜀时置郡斯②。
千古李冰辛筑堰③，四时岷水远垂贻④。
武侯未捷祠添泪⑤，工部如归草结诗⑥。
更有星沙惊世界⑦，流连天府欲回迟。

注：

①蜀开明氏是继蜀蒲卑族（即望帝杜宇之族）统治蜀地的氏族。成都是蜀开明氏的都城。《蜀王本纪》："蜀王据有巴、蜀之地，本治广都樊乡，徙居成都。"大约在公元前五世纪中叶，古蜀国开明王朝九世时将都城从广都樊乡（华阳）迁往成都。

②秦国兼并蜀国，并设置蜀郡于成都。

③秦蜀郡太守李冰，吸取前人的治水经验，率领当地人民，主持修建了沿用至今著名的都江堰水利工程。

④因都江堰水利工程，岷江水一年四季都被有效利用，造福成都平原。

⑤武侯，指诸葛亮，成都有纪念他的武侯祠。

⑥工部,指唐代大诗人杜甫。成都草堂,杜甫流寓成都时的居所。杜甫为避"安史之乱",携家带口由陇右(今甘肃省南部)入蜀辗转来到成都,在友人的帮助下,在成都西郊风景如画的浣花溪畔修建茅屋居住,"万里桥西一草堂,百花潭水即沧浪"(杜甫《狂夫》)。他先后在这里居住了将近四年,写下不少名诗。

⑦星沙,指三星堆与金沙文明遗存,两处文明震惊世界。

贵 阳

青山环抱众峦苍[1],胜迹城南荟杰长[2]。
湖畔黔灵高树古[3],楼亭甲秀旷风凉[4]。
筑场妙唱飞青竹[5],白鹭轻声戏密阳[6]。
文脉花溪千古韵[7],龙场圣地出辉光[8]。

注:

[1]贵阳青山环抱,城在山中,显得温顺宽容,人的性格也闲适安静。当地气温冬天不冷,夏天不热。

[2]城南有贵阳城母亲河南明河,四周河水清澈、绿树丛丛,街道宽敞。左有翠微街,右为箭道街,还有闹中取静的石岭街,区位优势和人文浸染,被称为贵阳城南胜迹,从古至今,文人辈出。

[3]黔灵湖位于黔灵山公园内,是人工湖,通过拦大罗溪水筑坝而成,风景优美,湖光山色,静雅宜人,湖畔有"解放贵州革命烈士纪念碑",是贵阳重要的历史遗迹之一。

[4]甲秀楼,贵阳地标,始建于明万历年间,至今已有四百

多年历史,取"科甲挺秀"之意,是贵阳的历史见证,文化朝圣之地,见证着贵阳人文精神发展的高度。

⑤⑥筑城广场,多次变迁,广场河畔老竹林,一直苗歌飞扬。广场周边茂盛的竹子、浓密的老槐树、数十棵苍老粗壮的皂角树上,白鹭群长年栖息。树上鸟鸣天籁,树下苗歌嘹亮。

⑦花溪区自然风光幽美,历史文化厚重。如花溪公园,园内山水相依,石桥流水,小瀑布与湖泊交相辉映,是远离城市喧嚣、亲近自然的绝佳去处;青岩古镇,贵州四大古镇之一,保留了大量明清时期的建筑和文化遗产,如定广门城楼、城墙、状元故居等。

⑧五百多年前,王阳明被贬贵阳,他在"龙场悟道"创办龙冈书院(龙场镇属贵阳市修文县),开贵州书院讲学之风,始论"知行合一",贵阳是其"绝地",也是其"福地",堪称"王学圣地"。龙冈书院为贵阳乃至贵州增添了文化之光。

昆 明

昆明族居滇池边①,纳入中原汉早年②。
九百老街流古韵③,三千日夜火薪传④。
一池湖水全城恋⑤,万亩柔波百鸟翾⑥。
绮丽春光怡倦眼,国风颂曲向华莲⑦。

注:

①大多数学者认为,"昆明"最初是中国西南地区一个古代民族的族称。南诏、大理时期,昆明族居住的地方,渐为乌蛮、白蛮占有,昆明族被迫东迁滇中,聚居于滇池周围。元灭大理后,在鄯阐设"昆明千户所","昆明"开始作为地名出现。

②西汉王朝征服滇国周围部落,滇王归汉,将滇池地区纳入中原王朝版图。

③昆明老街是昆明城中最后遗留的历史街区。最古老的有近九百年历史,这些建筑承载着昆明城的记忆与故事,同时又承载了当代人的童年欢乐和当下的生活趣味。

④从一九三七年至一九四六年,西南联大共存在八个年头,

近三千个日夜。西南联大师生"救国不忘读书,读书不忘救国",家国命运激荡交融,血肉身躯勠力同心,撑起大后方学人抗战的宏伟"长城"。西南联大先后培养出一百五十六位中国科学院院士、"两弹一星"元勋,还有"一二·一"运动牺牲的革命英烈们,是中国教育史上的一记旷世绝响、一座珠穆朗玛峰。

⑤一池湖水,指翠湖,最早称之为"九龙池""菜海子",翠湖曾经有八景,这些景点不仅展现了翠湖的自然美景,还融入了丰富的文化内涵,每一景都富有诗意和故事性。翠湖八景来源于陈荣昌所写的《九龙池八景》。陈荣昌,昆明人,云南近代著名学者,教育家,诗人和书法家。光绪年间进士,授翰林院编修,云南省科举考试第一名,第一个发现青年梁启超的才华。

⑥万亩柔波,指滇池风光。滇池是云南最大的淡水湖,承载着滇池流域人类发展的厚重的历史文化,是昆明的灵气所在。

⑦翠湖荷花盛开,公园内莲华禅院与观鱼楼依靠建筑群与翠湖公园的环境优势,定期举办文化体验活动。

拉　萨

屋脊明珠久霁氛①，藏王筑邑为妻欣②。
帝乡万里穿山水③，王化三支系蒙军④。
昭寺生辉犹肃穆⑤，布宫溢彩且逢殷⑥。
冰川绝景天公赐，亘古长风过日曛。

注：

①拉萨是青藏高原上的明珠，雨后空气清新。

②吐蕃王松赞干布为妻文成公主建设拉萨城。

③史料记载，唐代时长安与拉萨之间往返一趟至少需时半年，此以"万里"形容拉萨距离中原帝都路途遥远。

④蒙军即元军，元朝军队兵分三路进藏，恩威并施，将吐蕃纳入中原统治版图。

⑤昭寺，指大昭寺建筑群。大昭寺是藏传佛教最重要的寺院之一，位于拉萨市中心，是拉萨的宗教中心，也是整个西藏地区最重要的佛教圣地之一。大昭寺的建筑庞大壮观，融合了藏传佛教、汉传佛教建筑风格，集文化、艺术和宗教于一体。

大昭寺的建造始于公元七世纪，历经数百年的修建和扩建后，大昭寺已成为规模宏大的寺院群，整个寺院呈现出金黄色和白色的色调。

⑥布宫，指布达拉宫，位于拉萨市区西北的玛布日山（红山）上，由吐蕃藏王松赞干布主持兴建，后因吐蕃王国解体和天灾人祸遭到严重破坏。五世达赖喇嘛为巩固政教合一的地方政权，重建布达拉宫，往后不断扩建形成现在的规模。布达拉宫是历世达赖喇嘛的冬宫，也是过去西藏地方统治者政教合一的统治中心。从五世达赖喇嘛起，重大的宗教、政治仪式均在此举行，这里还是供奉历世达赖喇嘛灵塔的地方。布达拉宫建筑及宫藏文物集中体现了中国各民族之间政治、经济、文化等方面的交往交流交融，证明西藏自古以来就是中国不可分割的一部分。

西 安

八百秦川九爪盘[①]，乐游原上望长安[②]。
英雄岁月随风去，将相恩荣比酒欢。
国祚危时悲有泪，江流盛世爱犹难。
滔滔渭水依城恋[③]，千古风华在典残。

注：

[①]"八百里秦川"，在中国历史和文化中占据着举足轻重的地位。九爪，代指龙气。西安，古代称为镐京、长安，我国著名的古都。西周以丰、镐为都，秦以咸阳为都，均在西安附近。西汉、新、西晋、前赵、前秦、后秦、西魏、北周、隋、唐都在西安建都。东汉、曹魏、后唐都在西安建有陪都。西安地处关中平原，南阻秦岭，北临渭河，气候温和，土地肥沃。依《史记·留侯世家》记载，西安乃"天下之脊，中原之首龙""关中自古帝王州"的都城圣地。

[②]秦汉时代，曲江池一带风景秀丽，汉宣帝时，被称为乐游原。汉宣帝曾偕许皇后出游至此，陶醉于绚丽的风光，"乐

不思归",后来在此建有乐游庙,乐游原因此庙得名。由于乐游原地理位置高,便于登高览胜,唐代许多文人墨客便常在乐游原作诗,李白、杜甫、张九龄、李商隐、杜牧等都留有名篇名句。因这些诗句,乐游原被镌刻上了唐代诗韵风华的年代标签。诗意的乐游原,故事里有汉唐风华也有无尽的失意。

③关中平原上多条河流围绕长安,史称"八水绕长安",渭河是其中一条。

兰 州

北依崇岭望南河①,左柳金城厦巍峨②。
丝路驼铃萦广陌③,铁桥虹势卧长波④。
白山脚下雄关旧⑤,旭阁碑边韵迹多⑥。
无数冰河拥铁马,故园一系泪婆娑⑦。

注:

①兰州,南边有皋兰山,北边有北山,城市中间是黄河。"两山夹峙、一河中卜"的地理特点让黄河兰州段不易泛滥成灾,兰州成为黄河唯一穿城而过的省会城市。

②金城,兰州旧名。左柳,左宗棠驻军兰州时种植的柳树,人称"左公柳"。

③兰州是陆上丝绸之路重镇。如今节假日,丝路驼队会走进闹市广场,再现昔日驼马岁月的繁华。

④铁桥,指清末陕甘总督升允支持下建成的兰州黄河大铁桥,是千古黄河上第一座大公路桥。

⑤白塔山,在兰州市黄河北岸,因山头白塔而得名。山下

有金城关、玉迭关，为古代军事要冲。

⑥白塔山上有迎旭阁，为山上观日出的佳处，迎旭阁内陈列有碑刻，时代跨越从东汉至明清，是甘肃省的著名碑刻。

⑦左宗棠在兰州统领西北军政要务九年，他开放陕甘总督督署节园，任市民游览，成为甘肃第一个全天候为百姓开放的官方园林；对节园进行修葺，凿池引水，建亭题联，并在园中建一大厅，名曰"槎亭"，作为办公之处，左宗棠为槎亭题匾"一系"。

西 宁

羌居河湟大汉前[1],西宁建制武元年[2]。
塔尔寺里三行绝[3],日月山边两眼涟[4]。
茶马商都街厚重[5],莫家古巷味芳鲜[6]。
凤台眺远群峦翠[7],拱北悠悠七百绵[8]。

注:

[1]商、周、秦、汉时期,河湟地区是古羌人聚居的中心地带。

[2]汉朝武元年间,汉军西进湟水流域,霍去病修建军事据点西平亭,这是西宁建制之始。西宁古称青唐城、西平郡、鄯州,别名夏都。

[3]塔尔寺,是中国四大藏传佛教圣地之一,也是黄教创始人宗喀巴大师的诞生地,寺庙建筑极具特色,保留有许多珍宝和珍藏的佛教典籍,是一座艺术的宝库,酥油花、壁画和堆秀为塔尔寺艺术三绝。

[4]日月山,因文成公主闻名天下,也是"唐蕃古道"和"丝绸之路"的必经之地。唐前的日月山叫赤岭。相传,文成公

主远嫁松赞干布时曾经过此山,这也是告别中原的最后一站。穿过日月山坊,是当年文成公主经日月山赴吐蕃和亲的道,叫唐蕃古道。古道旁,有日月山神牛塑像、文成公主庙和青海古道博物馆。在山顶广场上,竖有"日月山"青石碑和回望石。这是文成公主最后一次流泪回望故乡的地方。

⑤茶马商都,指丹噶尔古城,有六百多年历史,素有"海藏咽喉"的美誉。古城规模宏大,历史文化厚重,古城内保留有众多古建筑,完整展现丹噶尔古城的历史风貌。

⑥莫家古巷,指莫家街,有着六百多年的历史,是西宁古老的街道之一,也是西宁有名的美食街。

⑦凤台,指凤凰台,在南山公园西北部小山顶,上有一亭,名曰凤凰亭,也称之凤凰台,亭上有一横额,上书"河湟引凤"。虽然传说中的孔雀楼早已荡然无存,但咏叹凤凰山的那首《凤台留云》却至今仍然广为传诵。"凤台留云"成为西宁的一大胜景,为古八景之一。

⑧凤凰山拱北,又称南山拱北,是元代伊斯兰教建筑,有七百多年的历史。

银　川

匈奴部落居秦前[①]，汉武黎民隘谷迁[②]。

西夏定都文史厚[③]，清秋赏月塞边妍[④]。

鼓楼玉阁遥相望[⑤]，暮鼓晨钟忽自禅[⑥]。

北塔风中迎远客[⑦]，悠悠华夏族家圆。

注：

①在秦始皇统一前的春秋战国时期，匈奴等部落居住在银川一带生活。

②隘谷，指函谷关。汉武帝时期，为了加强边疆防御和开发银川平原，大量关东百姓迁徙至此，并设置了廉县城和北典农城（又称"吕城"），后者被认为是银川建城之始。

③党项族首领李继迁及其后代李德明、李元昊相继攻占并经营银川平原，最终李元昊在此建立西夏王朝，定都兴庆府（今银川市）。西夏时期是银川历史上的一个重要阶段，留下了丰富的文化遗产和历史遗迹。

④银川被誉为"塞上江南"，风景秀美。

⑤⑥银川鼓楼又称"十字鼓楼""四鼓楼",俗称"鼓楼",鼓楼由台基、楼阁、角坊组成,鼓楼悬大钟一口,现为银川市重点文物保护单位。玉皇阁是银川市仅存的古代木结构高层楼阁,其独特的建筑风格和建筑技巧,充分体现了古代能工巧匠的精湛技术。玉皇阁同鼓楼相望,别有情韵。

⑦银川北塔,又名"海宝塔",是宁夏年代最古老的佛塔,为我国首批重点文物保护单位之一,建筑风格独特,方形的塔身,四面的券门,众多的棱角,四角的尖顶,为中国古塔所罕见,被视为中国古代建筑的杰作。

乌鲁木齐

西汉屯田远路安[1],贞观唐置北州寒[2]。

天寒将士巡查苦,地冻英雄奋发欢。

草茂畜肥瓜果蜜,山高地阔矿藏宽。

风和日丽新时代,不忘左公挽巨澜[3]。

注:

[1]远路,指丝路。西汉初年,汉朝即在乌鲁木齐近处的金满(吉木萨尔)设营屯田,维护丝路北道安全。

[2]北州,指唐贞观年间,在天山北麓设置的庭州,辖四县。现乌鲁木齐市东南郊乌拉泊水库南侧的古城遗址,即为当时轮台县,设置轮台城,隶属庭州。唐龙朔年间始,唐朝政府派军至乌鲁木齐河畔屯垦。周长安年间,在庭州设北庭都护府,后唐朝政府又在轮台设置"静塞军",驻守这一战略要地。清乾隆时大规模开发乌鲁木齐,驻军屯垦,减轻粮赋,当地农业、商业、手工业一度有较快的发展,乌鲁木齐成为"繁华富庶,甲于关外"的地方。

③近年央视大型纪录片《中国新疆之历史印记》及《史话新疆》之《左宗棠收复新疆》,宣传介绍了左宗棠收复新疆的功绩。

开　封

中原腹地帝王都[①]，一马平川涝患输[②]。
古轴城心龙大殿[③]，盛朝街市上明图[④]。
知府包臣千古颂[⑤]，文公宰相晚年孤[⑥]。
至今梁苑骚人梦[⑦]，清水柳湖昔更腴[⑧]。

注：

①开封，古称东京，又叫汴京，北宋首都，先后有夏朝、魏国，后汉、后周，宋朝，金朝等朝代相继在此定都，素有八朝古都之称，孕育了上承汉唐、下启明清、影响深远的"宋文化"。

②黄河水涝祸患直接影响开封的安全，也是定都很不利的因素。

③开封自古至今城市中轴线没有变过，世上少有，中轴线上的龙亭大殿，为研究宋、清时期的历史文化和建筑艺术提供了宝贵的实物资料。

④上明图，指《清明上河图》，北宋画家张择端仅见的存

世精品，生动记录了北宋都城东京（今开封）的城市面貌和当时社会各阶层人民的生活状况，是东京当年繁荣的见证，也是北宋城市经济情况的写照。

⑤包臣，指包拯。包拯以龙图阁直学士的身份"权知开封府"，由于刚正不阿，深得民望。

⑥宰相，指王安石，世称王文公。熙宁变法失败后，保守派得势，新法皆废，王安石移居钟山（今南京），郁郁而终。

⑦梁苑，又名梁园，诗人李白在梁园居住十年之久，写下著名的《梁园吟》等诗篇。梁园因此成为文人墨客向往的地方，被誉为文学圣地。

⑧开封市的湖泊和河流水系面临干涸，如果商业气息浓，水的问题又突出，整个城市的自然与人文气息就更需用心谋划。

洛 阳

洛水之阳一帝都,十三朝旨过云无[①]。
牡丹姿色和天地,马寺钟声入教徒[②]。
明帝议儒平石出[③],大家撰史说文殊[④]。
战争屡毁原中国[⑤],怅望千秋大运枯[⑥]。

注:

①商、东周、西汉、东汉、魏、西晋、北魏、隋、唐、武周、后梁、后唐、后晋共十三朝建都洛阳。

②马寺,指白马寺。洛阳白马寺是中国佛教的发源地,始建于东汉时期,是佛教传入中国后兴建的第一座官办寺院,乃中国、越南、朝鲜、日本及欧美国家的"释源"和"祖庭"。

③明帝,指东汉章帝。他曾召集大夫、博士等和诸生在洛阳白虎观召开讨论儒家经典学术会议,这是中国历史上第一次高规格的学术会议,以其特有的历史价值成为中国倡导学术自由的里程碑。会后,班固将讨论结果纂辑成《白虎通德论》,又称《白虎通义》,作为官方钦定的经典刊布于世。会议肯

定了"三纲六纪",并将"君为臣纲"列为三纲之首,使封建纲常伦理系统化、绝对化,同时还把当时流行的谶纬迷信与儒家经典融为一体,使儒家思想进一步神学化。平石,指《熹平石经》,刻于洛阳太学(今洛阳市偃师区佃庄镇太学村)。洛阳太学自西汉至北朝,历经数百年,对后世影响深远,在中国教育史上堪称奇葩。《熹平石经》是中国最早刻于石碑上的官定儒家经本,是东汉时期尊崇儒学、经学发达等诸多社会历史原因所产生的文化瑰宝,也是珍贵的书法史料。

④大家,指东汉史学家、文学家班固。他在洛阳用20余年时间修成《汉书》。《汉书》不仅是史学巨著,也在中国文学史上地位非常突出。它写社会各阶层人物都以"实录"精神,平实中见生动,为后世传记文学的典范。说文,指东汉经学家、文字学家许慎。他在洛阳写成《说文解字》。两书分别为汉文史、文字经典著作。

⑤洛阳居天下之中,西周"何尊"青铜器上,其铭文将洛阳平原称为"中国"。

⑥隋唐大运河以洛阳为中心,北至涿郡(今北京),南至余杭(今杭州)。后通过浙东运河延伸至会稽(今绍兴)、宁波,是中国古代劳动人民创造的一项伟大的水利建筑工程。惜今日已入博物馆了,无实际航运功能。

桂 林

江源多桂秦为郡①,北达中原大运通②。
仙桂贡闱清最盛③,漓波都府今犹隆④。
诗家有爱吟骚句⑤,史笔无情记血痕⑥。
霞映筏鹰归落日,秀奇造化入心魂。

注：

①《旧唐书·地理志》说:"江源多桂,不生杂木,故秦时立为桂林郡。"

②秦始皇命修灵渠（运河）,沟通湘江与漓江水系,加强了属于百越地区的桂林郡(广西绝大部分地区)与中原的联系。

③广西贡院,设在桂林(今广西师范大学内)。清朝科举,桂林府人乡试考上举人的几乎达到广西总数的一半,而会试考上进士的人数,则超过一半。桂林在清代广西科举史上举足轻重。

④明洪武年间,朱元璋将行政区静江府改为桂林府,桂林因此正式得到命名,此离秦朝设桂林郡差不多一千五百年。

从宋朝成立广南西路（广西因此得名，路治在桂州）算起，到一九四九年底，桂林（桂州）作为广西的政治、军事、经济、文化中心有将近一千年的历史。今日桂林正迈向世界级旅游城市。

⑤桂林最早出现在张衡的《四愁》诗中，"我所思兮在桂林"。南宋诗人王正功，一句"桂林山水甲天下"，几乎盖过其他写桂林的名句。南宋状元、著名词人张孝祥（任静江知府兼广南西路经略安抚使）把历代诗人写桂林的诗句集成一首《水调歌头·桂林集句》词。

⑥桂林沦陷后，日军占领桂林近一年，实行了残酷野蛮的反人类政策。

感物思先（十六首）

名人、美人，文臣武将，贵族平民，命运无常，烟花易冷，唯文化精神留在时光隧道。

曹雪芹（三首）

其一

江宁第一富豪门[1]，天下公侯世袭恩[2]。
科举功夫空入脑[3]，文章风雨自高名[4]。
躬身交结违心道[5]，别眼分明彻骨惊[6]。
食粥草庵冰梦冷[7]，千秋热泪为君温[8]。

注：

①②曹雪芹的曾祖母孙氏，做过康熙帝的保姆，祖父曹寅做过康熙帝的伴读和御前侍卫，后任江宁织造，兼任两淮巡盐监察御史。在康熙、雍正两朝，曹家祖孙三代四个人主政江宁织造达五十八年，家世显赫，有权有势，成为当时南京第一豪门望族。康熙六次下江南，曹寅接驾四次。

③曹雪芹童年时淘气异常，厌恶八股文，不喜读"四书五经"，反感科举考试、仕途经济。

④曹雪芹自幼生活在很富丽的文学等艺术环境之中，接受

父兄教育、师友规训，博览群书，尤爱读诗赋、戏文、小说之类的文学书籍，诸如戏曲、美食、养生、医药、茶道、织造等百科文化知识和技艺莫不旁搜杂取，加上曹雪芹小时候走亲访友时多次游历苏州、扬州、杭州、常州等地，对江南山水风物十分钟爱，他的才情诗文为许多人认同。

⑤雍正末期，曹雪芹开始挑起家庭重担，帮曹𫖯料理家务。因曹𫖯致仕在家，懒于应酬，曹雪芹就出来代为接待，结识了一些政商名流和文坛前辈，在他们的影响下树立了著书立说、立德立言的远大志向，淘汰了一些少时公子的迂想痴情，为了家族复兴而努力奋斗，一度勤奋读书，访师觅友，多方干谒朝中权贵（干谒，指为了某种目的而求见地位高的人；干谒诗，古代文人为推销自己而写的一种诗，类似如今的自荐信，但用语多含蓄曲折）。

⑥破落公子在重新结交权贵过程中，受尽白眼。

⑦曹雪芹最后几年住在北京西郊，举家食粥，更为艰难。为生活所迫，妻死子亡，穷困潦倒而死，年不及五十岁。

⑧曹雪芹才华横溢却遭不幸，贫困疾病交加，晚年尤为凄凉；他的家族由盛转衰，个人命运与家族紧密相连；《红楼梦》中对人性善恶、社会不公有深刻揭示，感受到曹雪芹对人性的关怀与思考；家道破落后，无论曹个人如何努力抗争命运，但终究难以摆脱困境。两百多年来无数读者对其寄予了深深

的同情,激发了无数共鸣。

其二

潦倒浮沉事未成①,正邪冷暖识人贞②。
罪臣后嗣虚功业,士子平生静辱荣。
披阅十年藏锦绣③,增删五次出瑶琼④。
繁华落尽留残梦⑤,千古心伤为雪魂⑥。

注:

①②曹雪芹在三十三岁左右移居北京西郊,此后数年在北京多处居住。他住草庵,赏野花,过着觅诗、挥毫、唱和、卖画、买醉、狂歌、忆旧、著书的隐居生活,领略北京市井文化,一面靠卖字画和亲友的救济为生,长恨半生潦倒,一事无成,故不免纵酒狂歌,其正邪真性情愈加鲜明。

③④曹雪芹的个人奋斗遭遇艰难险阻,友人敦诚劝他知难而退,专心著书。曹雪芹亦不负所望,在隐居西山的十多年间,以坚韧不拔的毅力,将旧作《风月宝鉴》"披阅十载,增删五次",写成了巨著《红楼梦》。

⑤"残梦",指一般认为,曹雪芹的《红楼梦》他未写完,

只写了前八十回，后四十回由无名氏续，程伟元、高鹗整理完成。

⑥曹雪芹南游回京后，仍在继续写作《红楼梦》。清乾隆年间，曹雪芹因幼子夭亡，陷入过度的忧伤和悲痛，卧床不起，大约于这一年的除夕病逝于北京。

其三

世事常情入梦中[①]，富贫贵贱古今通。
四家成败兴衰命[②]，几府金钗聚散终[③]。
诗酒风华天地乐，烟霞冷暖日星匆。
悠悠岁月终归静[④]，雪白乾坤处处空[⑤]。

注：

①梦中，指《红楼梦》小说。曹雪芹的生活经历，包括他的家族变迁、个人遭遇以及他对社会的观察和感受，都在《红楼梦》中得到了体现。作品中不仅描绘了贵族家庭的兴衰史，还反映了作者对封建社会的深刻理解和批判。

②四家，指小说中"贾史王薛"四大家族。

③金陵十二钗的命运结局在《红楼梦》中各不相同，展现

了各自独特的悲剧色彩。林黛玉，是贾母的亲外孙女，与贾宝玉有着深厚的情感纽带。因家庭变故，生活孤苦，最终在贾宝玉大婚之夜，泪尽而逝，年仅十七岁。薛宝钗，是薛家的千金，与贾宝玉的婚姻被称作"金玉良缘"。然而，贾宝玉最终离她而去，她独守空闺，孤独至死，或者改嫁他人。贾元春，被选入宫中，最后失宠病死。贾探春，被南安太妃看中远嫁"和藩"。史湘云，嫁与卫若兰后不久，因丈夫家败落而流浪乞讨。妙玉，在贾府败落后被强盗掳去，下落不明。贾迎春，出嫁后一年内被虐待致死。贾惜春，看破红尘，出家为尼。王熙凤，被贾琏休弃，最终在狱神庙死去。贾巧姐，被狠舅奸兄所卖，后被救出，嫁给王板儿。李纨，将儿子贾兰培养成才，善终。秦可卿，与公公贾珍有染后自杀。这些角色的命运结局反映了《红楼梦》中封建社会的种种弊端和人性的复杂多面，每个角色都有其独特的悲剧色彩，共同构成了这部伟大作品的深刻内涵。

④⑤《红楼梦》结尾写"白茫茫一片"雪白，是对人生无常和历史变迁的深刻反思，也是对中国传统文化中关于纯洁、空无观念的一种体现。这一描述通过象征和隐喻的方式，传达了作者对于人生、命运和历史的深刻理解和感悟。

曾国藩（三首）

其一

千年书院出鸿梁①，而立当前入翰堂②。
少有雄心功业急③，狂言帝过利名张④。
思恩失怙同思过⑤，选将知儒更勇强⑥。
爱惜士兵胸境阔⑦，用人智慧史高扬。

注：

①书院，指岳麓书院，曾国藩二十四岁到此院学习，深受儒家思想影响。

②翰堂，指翰林院，二十八岁赐同进士出身后入翰林院，从此在京做官十多年。

③④曾国藩曾向咸丰帝进言"今日急务，首在用人"，后上书直指咸丰帝过失。

⑤曾国藩在父亲去世后，请求在家终制，总结反思自己的过往。

⑥奉谕建军，"以儒生领山农"，军官多选坚持封建义理的知识分子。

⑦组军后，作《爱民歌》训军，治军重视精神教育，"爱民为治兵第一要义"。

其二

求全忍辱谋新局，公派贤童放眼长①。
治吏坚倡包府面②，带兵定选孔家郎③。
重农州县当时务④，尚武军师必首章⑤。
劝学西夷高技术⑥，徐图隐忍自先强⑦。

注：

①曾国藩积极推动朝廷向国外委派幼童留学生。

②包府面，意指包拯铁面无私。其强调倡廉惩贪，反对加重农民负担，反对扰民。

③用儒家思想治军，提倡忠君卫道，军政分理，各负其责；将清朝的世兵制改革为募兵制，所用军官多属他自己的学生、乡亲和亲戚中坚持封建"义理"的知识分子，招募的勇卒多系"深山寒谷贫苦之民"，标准是"年轻力壮，朴实而有农

夫土气者为上"。

④重视农业的战略地位,"今日之州县,以重农为第一要务"。

⑤其对海军装备、人员、水师章程制定做了很多探索,促进海军近代化。军师,指水师。

⑥主张向西方学先进科技。

⑦其强调自强,不赞同孤注一掷,主张羽毛丰满后再相见反击,"隐忍徐图"。

其三

　　文韬武略出华章,并蓄兼收众杰长。
　　经世士人开学派[①],传家书训避空腔[②]。
　　善防私事成公事[③],力转官场变赛场。
　　气尽有清无返力[④],一生命数暗中藏[⑤]。

注:

①在曾国藩周围形成经世士人群体"理学经世派"。

②长达三十年的翰苑和从武生涯里,曾国藩的近一千五百封家书,是其一生治政、治家、治学的生动反映。

③对于家人和子女，曾国藩要求极为严格，不仅要求他们不参与乡间诉讼，避免与地方官接触，还警告亲属在家乡邻里之间"切不可有官家风味"，避免炫耀家族地位。曾国藩在官场中保持冷静客观的态度，不以个人喜好影响公正决策，始终坚持公正、中立的处事态度。

④在曾国藩逝去四十年后，清朝结束了统治。他认为，社会大乱的征兆有三：一是社会价值观混乱，黑白不分；二是善良的人变得谦虚客气，而无用之人则变得猖狂；三是问题严重到一定程度后，一切都被合理化，不痛不痒地处理。清灭前这三个问题均出现。其观察和预言基本得到验证。

⑤曾国藩一生功名始于追剿太平天国军，湘军首破南京，他也病逝于南京。

清风明月一路诗

左宗棠（三首）

其一

城南书院居鳌头[1]，文武双全慧智谋。
科举几回皆寂寞[2]，云章依旧自清遒。
林公夜会称人杰[3]，谢客庄离出计攸[4]。
海塞兼防经实业[5]，无公一日不成州[6]。

注：

[1] 张栻在湖南创办城南书院，并兼任山长（即院长），主教岳麓书院八年。在城南书院和岳麓书院，张栻培养了包括左宗棠在内的大批人才，使湖湘学派闻名全国。

[2] 左宗棠三次会试皆落榜。

[3] 经胡林翼推荐，云贵总督林则徐返乡时，约左宗棠长沙舟中相见，林称左为"绝世奇才"。

[4] 太平天国军围攻长沙，湖南巡抚张亮基写信请在老家的左宗棠出山帮助防守长沙，但被左宗棠婉拒。张亮基后来不

断写信表明诚意，左宗棠的好友胡林翼、郭嵩焘、江忠源也纷纷劝说，他最终答应离开湘阴老家柳庄，出任张亮基的幕僚。左宗棠出山卫城，一生功名开启。

⑤晚清朝廷出现是重视海防还是塞防的争议，左宗棠主张两防并重，并身体力行筹办制造业充实军力国力。

⑥晚清官员潘祖荫爽直敢言，不计祸福，曾三次保荐左宗棠，称"国家不可一日无湖南，即湖南不可一日无宗棠也"。

其二

长沙解救立初勋①，为帝分忧火急焚。
治乱楚军新统领②，除危天国冷区分③。
抬棺出战年逾甲④，以命收边史更芬⑤。
清末骨头公最硬，疆台病卧嘱殷殷⑥。

注：

①指左宗棠解救太平天国军围攻长沙，获得了朝廷上下好评。

②左宗棠随曾国藩办军务，组建"楚军"。

③曾国藩推荐左宗棠任浙江巡抚，左领军通过分化瓦解太

平天国军内部，取得杭州等战役的胜利。

④⑤左宗棠六十多岁率领清军，抬着棺材出征，誓要收复新疆。

⑥左宗棠率清军进入新疆，打败阿古柏，除伊犁外，新疆重回祖国怀抱。十九世纪八十年代初，中俄签订《伊犁条约》，中国收回伊犁地区。随后，根据左宗棠的建议，一八八四年，清政府在新疆设立行省。左宗棠病重时请求朝廷专设海防大臣，台湾设省。

其三

睁眼观洋晓彼前①，自知筹划保平权。
官倡商办军民共②，罂禁棉推上下连③。
士卒身先兵似子④，英雄背后誉满天。
忠君廉正千秋范⑤，疆地公祠拜左仙⑥。

注：

①左宗棠提出密切关注"洋事"动向，知彼知己。

②左宗棠兴办制造业强国强兵，推行军转民，主张"官倡商办"，反侵略保利权，办洋务不要外国人插手。

③在大西北，左宗棠兴修水利，平息水患，禁种罂粟，推广棉花种植。

④刘锦棠评价左宗棠："事无巨细精粗，必从根本做起，而要以力行。师行万里沙碛之地，虽酷暑严寒，必居营帐与士卒同甘苦。"

⑤光绪皇帝称："大学士左宗棠，学问优长，经济闳远，秉性廉正，莅事忠诚。"

⑥收复新疆后，新疆各地设左公祠，民众烧香礼拜。

南越王赵佗

帝梦恒年享国钧,奠基拓业御番民。

灵湘贯达秦军猛,客土通婚百越亲。

引入中原耕种术,开呈蛮岭水云春。

分分合合终归汉,不爱仁慈只是臣[①]。

注:

①赵佗主政南越后,放弃了儒家经典的教化。

介子推

骊姬乱国耳辞宫①,廿载奔波苦道穷。

冷暖人心谙世路,江湖浪迹类飞蓬。

功成未享文君福,隐退空闻煛谷风。

寒食清明千古祭,可怜老母不安终②。

注:

①耳,指晋文公姬重耳。其年少时好学,善养士。骊姬之乱时被迫在外流亡多国,十九年备尝艰辛。

②介子推不接受晋文公的赏赐,与母亲隐匿在山林,晋文公派人烧山逼其出来,介子推不出,与母亲一起被烧死。

甲辰端午

屈子投江动地天,一场雨泪两千年。
无情汨水淹贞骨,解语湘风寄爱莲。
覆载龙舟由众力,升平气象倚良贤。
常吟绮丽离骚句,疾苦民生系寸田。

王昭君

一曲琵琶向漠天,长安万里梦魂牵。
画师重利轻忠义,佳丽离亲薄福缘。
寄上展笺愁怨结①,望南拭泪苦心莲。
黄沙有幸拥香骨,将帅无能汉子鲜。

注:

①匈奴单于逝后,昭君给汉皇写信请求归汉,未获汉帝准许。

西 施

越王复国计高超,四派臣兵觅细腰。
诸暨浦江清影倩,荷花西子白纱飘。
笑颦有意柔眸媚,恶怨无情怒气嚣。
争霸春秋明暗剑,可怜美女又香消。

杨玉环

年幼皆怜自有光,名门失怙气心强①。

仙生丽质惊朝野,君赐清庵瞒寿王。

两度遣回花泪少②,十年宠落白绫凉③。

马嵬人说衰国恨,天宝无来也废唐④。

注:

①杨玉环出身关中望族弘农杨氏,幼时父亲去世。

②杨氏因在宫中任性,两度被玄宗皇帝遣回家中思过,但其并未真正悔过。

③杨氏得盛宠十年左右,因马嵬坡事变被白绫勒死于佛堂。

④安史之乱发生于天宝年间,"天宝"代指此乱,史称乃盛唐走向衰落的分水岭。

貂 蝉

樵夫崖洞拾婴筐①,米地江边闭月妆②。

智取董奸求国定,愿从王允正朝纲。

白门楼上无忠信③,相府宫中有雪霜④。

都说书中虚幻女⑤,人间最重义情长。

注:

①传说貂蝉在婴儿时被樵夫拾得。

②米地,指米脂。当地传说貂蝉在江边梳洗,植物不敢开花。闭月,貂蝉的代称。

③吕布下邳兵败后,被曹操围在白门楼,吕布的部下宋宪、魏续和侯成作为内应,将他捆绑后献给了曹操。刘备失信于吕布,劝说曹操杀掉吕布。

④貂蝉在吕布被杀后,随吕布家眷到许昌。传说貂蝉最后被纳入了曹操的后宫。

⑤学界对貂蝉有无历史原型难定论。有学人认为,《后汉书》《三国志》等史书中的"侍婢"即是貂蝉的原型,似也通。

潮来潮去（十二首）

来来往往，潮涨潮落，载舟覆舟，为臣难，为君更难，为百姓难上加难，严束百官善待百姓，天下太平。

秦　朝

孝公变法卫鞅头[①]，吞并诸雄始帝谋。

收土拓疆征百越，筑城御外远邪忧。

揭竿起事连天雨[②]，趁劫传闻末世休[③]。

一统集权开后世，伤民恶法酿深仇。

注：

①秦孝公重用商鞅（卫鞅），支持变法，孝公逝后，商鞅被杀，变法政策持续。

②指陈胜吴广起义。

③指项羽刘邦，响应陈胜吴广起事。刘邦于蓝田大破秦军，秦朝最后灭亡。

汉　朝

拓疆扩土前无古，御敌英雄出少年。
休养黎民家福在，独尊儒术国昌绵。
蔡伦造纸千秋颂，戚宦谋宫几度悬。
是是非非谁细说，史公铁笔有雄篇[1]。

注：
[1] 司马迁别名史迁、太史公。雄篇，指《史记》。

唐　朝

佛国千秋气象仙[1]，贞开盛世武皇悬[2]。

诗家精采如江海，君主光芒接地天[3]。

战马飞腾疆域阔，雄文洒落岳川绵。

豪情大放从军泪，安史年间损祚延。

注：

[1]唐朝时佛教得到极大发展与尊崇，地位近乎"国教"。

[2]贞开盛世，指贞观之治与开元盛世。

[3]唐朝有所作为的皇帝很多，但更多的是无作为或不敢作为。《新唐书》中二十一位皇帝，被太监废除、拥立继位的有十一位。"安史之乱"后，绝大多数皇帝是被太监废立的。

宋　朝（三首）

其一

三教相兼护政纲^①，将军甲胄貌泱泱。
人闲云淡风轻醉，事议天低浪激扬^②。
一纸澶盟成隐患^③，千秋靖难丧心狂^④。
兵权应悔杯樽释^⑤，雪耻明朝太祖璋。

注：

①两宋学术开放、兼容，儒、释、道调和，孕育出新儒学体系理学。儒家学者以儒学为本位，援佛入儒，引道入儒，将佛、道二教与儒家学说的政治伦理学说结合起来，统治阶级以理学维护其统治。

②宋朝社会自由开放，经济繁荣，各类艺术发展良好。

③澶盟，指澶渊之盟，北宋和辽经过二十五年战争后缔结的盟约。澶渊之盟是宋真宗在有利的军事形势下接受求和的结果，幽云十六州的大部分土地未能收回，还输金纳绢以求

辽不再南侵。此后辽更是不断索取，以金钱换取和平使北宋不再居安思危。

④靖难，指北宋靖康之变，又称靖康之乱、靖康之难、靖康之祸、靖康之耻。北宋靖康初年，金南下攻取北宋首都东京，掳走徽、钦二帝，以及大量赵氏皇族、后宫妃嫔与贵卿、朝臣等共几千人北上金国，京城中公私积蓄被金兵掳劫一空。靖康之变导致北宋灭亡。

⑤指历史上的"杯酒释兵权"。宋初宋太祖赵匡胤通过酒宴威逼利诱高级军官交出兵权的一次政治事件。宋太祖为加强中央集权、巩固统治，使用和平手段，不伤君臣和气解除大臣的军权，成功地防止了军队的政变，但某些举措矫枉过正，违背军事规律，导致兵权分散，严重削弱了军队的战斗力。

其二

生息滋休固浅基，续开盛世出招奇。
六家豪杰鸿儒士[①]，三大文明不朽碑[②]。
词蕴柔情登绝顶，诗凭理趣辟新枝。
若君各艺无能事[③]，哪有崖门万世悲[④]。

注：

①唐宋八大家，宋占六家。

②中国四大发明并被官方组织应用，宋有其中三个，即指南针、火药、活字印刷术。

③宋朝皇帝多擅艺术，尤以宋徽宗修养造诣最高，元朝宰相脱脱评价宋徽宗："诸事皆能，独不能为君耳。"

④崖门，指崖山海战，又称崖门战役、崖门之役、崖山之战、宋元崖门海战等。宋军与元军在崖山进行大规模海战，最后元军以少胜多，宋军全军覆灭，陆秀夫背着少帝赵昺投海自尽，许多忠臣追随其后，十万军民跳海殉国，南宋随即灭亡，元朝统一整个中国。

其三

踏尘逐鹿上金銮，龙椅红彤似血残。
开国民心常体察，承家使命各欣欢。
官民矛盾难调解，利害平衡易虑殚。
主战主和生积怨，内忧外患揭竿完。

元　朝

一统江山九十年，硝烟不断域空前[1]。
长灯谋划行省制[2]，大胆推广纸币钱。
科举选才纾积怨，文章期士出鸿篇。
苛捐杂税民心散，内乱边忧震地旋。

注：

[1] 元朝的版图面积超过了历代王朝。

[2] 元朝创立了一种以行省为枢纽，以中央集权为主，辅以部分地方分权的新体制。行省制对元代社会和后来的明清、近代影响至深。

明　朝

太祖皇权猛法偏，功臣腐吏杀株连。

赋徭同异银难尽，冤屈轻深命总悬。

干政宦官朝序乱①，忠君肱股固廷坚②。

大明覆灭谁人罪，史说神宗或说仙③。

注：

①明朝中后期宦官弄权，如魏忠贤、严嵩等人，导致政治腐败，衰落加剧。

②明朝皇帝集权突出，忠臣都践行"食君之禄，为君分忧"的理念，但最终都难善终，内阁大学士首辅张居正与爱国将领于谦、袁崇焕等大臣的结局都令人悲叹。

③《明史》言："论者谓：明之亡，实亡于神宗。"神宗，即万历皇帝。明孝、武、世宗等皆信仙，迷方术求长生不老，导致朝政懈怠甚至荒废。

清　朝

两统相容服大清①，商农文化稳太平。

康乾盛世多劳命②，嘉道高门甚醉生③。

洋务图强心虑到，公车求变眼开睁④。

一朝懦弱千羞辱，丧土赔银落骂名⑤。

注：

①清兵入关后，推行治统与道统合一的策略，一方面拉拢上层汉人收服人心，另一方面打击不服管制的汉族学人。

②康乾盛世，又称康雍乾盛世，是清朝的鼎盛时期，经历了康熙、雍正、乾隆三代皇帝，持续时间长达一百三十四年。在此期间，中国社会在封建体系下达到极致，改革最多，国力最强，社会稳定，经济快速发展，人口增长迅速，疆域辽阔，是中国古代封建王朝的最后一个盛世。康乾盛世对于上层社会生活是豪奢，而底层的人民则是普遍贫困，大众吃糠咽菜是常态，社会贫富差距巨大。

③嘉庆道光时，社会风气日下，上层甚至中层生活腐朽

糜烂。

④公车求变，指康有为发动的公车上书及戊戌变法等事件，请求救亡图存，改革求新，学习西学。

⑤清朝统治了二百九十六年，由于腐朽和无能，闭关锁国，从一八四零年开始，共割让土地三百二十多万平方公里给西方列强，相当于现在中国领土面积的三分之一；与五十余国签订近二百份不平等条约，赔银本息十三亿两。

读 史（二首）

其一

正体黄笺写纵横，风云叱咤默无声。
汉秦竹简千金墨，唐宋诗词一脉琼。
鹿洞原规成教范①，濂溪正道立官贞②。
春秋史笔王侯将，自有黎民颂洁情。

注：

①鹿洞，指白鹿洞书院，南宋理学家、哲学家、思想家、政治家、教育家、诗人朱熹曾自兼洞主，亲自订立学规，是世界教育史上最早的教育规章制度之一。

②濂溪，北宋文学家、理学家周敦颐的号，周敦颐为官，恪尽职守，清正廉洁，造福百姓。

其二

江流滚滚向东流,天地苍茫世事浮。
百岁华庭佗帝梦①,一宵要隘伍员愁②。
文山壮烈君恩报③,百里高光道义留④。
雁去衡阳无别意⑤,不如荣叟看闲鸥⑥。

注:

①佗帝,指赵佗,秦军攻打南越的副统帅,秦亡自立为南越武帝,汉吕后(雉)崩后去帝号归汉。

②伍员,春秋末期吴国大夫、谋略家、军事家伍子胥之名;要隘,指昭关。

③文山,南宋丞相、军事家、爱国名将文天祥号,至仁至义,舍身救国。

④百里,指百里奚,春秋时期秦国一代名相,著名政治家、思想家,辅佐秦穆公成为春秋五霸之一。

⑤"衡阳雁"及下句中的"闲鸥"常被引以表达出仕与归隐的心境。

⑥荣叟,指荣启期,春秋时期著名学者,后隐居山林,九十五岁时对孔子自言得三乐而为美谈。

读史偶感

珠江汩汩向东流,日暖南方正玉猷。
张相坚撑唐室面[1],陈家苦恋满宫秋[2]。
横渠句励门生志[3],太白诗消士子愁[4]。
孔孟儒经传万代,华文血脉永同头。

注:

[1]张相,指唐相张九龄,广东韶关人。

[2]陈家,指陈伯陶,广东东莞人,一生忠君重教,为陈家祠主要倡建者,也是暨南学堂(暨南大学前身)主要创建者。

[3]横渠句,指北宋理学家张载的"为天地立心,为生民立命,为往圣继绝学,为万世开太平"四句话,哲学家冯友兰概括为"横渠四句"。

[4]太白,指唐朝诗人李白。

远行撷萃（二十三首）

跬步千里，无限风光在险峰，沟沟坎坎山水安然，起起伏伏行者常态。

法门寺（五首）

其一

汉皇宝寺罩仙灵[①]，舍利真身佛祖馨。
幸免硝烟终复故，欣逢瞻礼胜成形[②]。
无情火烛残基剩，有信皇书善众听[③]。
护国载天称圣塔[④]，霞光琉璃耀唐廷。

注：

[①]汉皇，指东汉末年汉桓帝，他下旨建造"阿育王寺"（法门寺前称），并将一颗最大的佛指骨舍利供奉在地宫内，地宫之上建造"真身舍利宝塔"。

[②][③]法门寺木塔在战火纷繁的十六国和南北朝混战时期屡遭破坏，甚至北魏时该寺成为废墟。但当时仍有信徒不断前来烧香敬佛，被当时的人们称为"圣冢"。后北魏皇室后裔修复阿育王寺和舍利塔，并于西魏时首次开塔瞻礼舍利，法门寺由此成为中国四大佛教圣地之一。隋文帝时改称"成实

道场",舍利塔随谓"成实道场合利塔",后又改"成实道场"为"法门寺",塔也名为"法门寺舍利塔"。后法门寺不幸遭遇火焚,仅剩塔基残垣。唐太宗贞观年间在塔基上修筑望云殿,以殿代塔,殿楼四层。

④唐高宗迎佛骨于东都洛阳,供养三年后,送归法门寺地宫,并诏令重修法门寺塔,带头向寺院施舍钱物,皇族大臣也竞相捐物献钱,其时法门寺叫阿育王寺亦名"无忧王寺",塔名亦谓"无忧王寺真身宝塔"。唐中宗时题舍利塔为"大圣真身宝塔",亦名"护国真身宝塔"。

其二

贞观供奉启隆宫,三教调和国运鸿[①]。
卅载一开成帝制[②],八皇二送为年丰[③]。
官兵静望干戈息,百姓长祈岁月红。
赵宋承延宏盛气,明清灾乱败归终。

注:

①唐太宗开启法门寺地宫,供奉佛骨舍利,对李唐王朝"三教调和"的政策起到了决定性作用,也拉开了唐代皇室迎送

佛骨舍利这一盛大佛事活动的序幕。

②唐太宗定下法门寺地宫三十年开启一次进行供奉的规矩。

③唐朝的供奉仪式中,皇帝迎佛六次,送佛两次。

其三

凤翔隆庆震区翻[①],唐代楼层不复存[②]。
万历乡绅修法寺[③],千秋级角护经尊[④]。
侵华日寇贪宫物[⑤],傲骨秦川守誓言[⑥]。
叹息良卿身自烬[⑦],魂升天国照玄门。

注:

①②明隆庆年间发生地震,导致法门寺唐建四层木塔倒塌。

③④明万历年间绅士带头捐资修塔,构筑了法门寺塔十三级八棱的架构。

⑤⑥日寇侵华期间,曾在当地寻宝,工匠们发誓严守地宫秘密,秦川汉子铁骨铮铮。

⑦良卿法师全力抗争保住地宫,不幸遇难。

其四

一开珍物佛天光,寺号隆门普世扬。

金塔承恩拥圣骨,神州降福兆隆昌。

几经灾祸惊无绝[1],犹有神魔暗自藏。

千载风华荣盛代[2],用心最是石榴裳[3]。

注:

[1]法门寺自东汉末年以来,历经火灾、地震、战乱等,多次劫难毁坏又多次经过官方或民间或官民一起重建。

[2]法门寺地宫出土了两千四百九十九件文物,其中多为国家级文物,尤以盛唐时期的文物最精美,最具价值。

[3]石榴裳,指地宫中供奉的织满金银线的武则天的石榴裙。

其五

佛陀住世教无言[1],五百年圆渡众魂[2]。

智悟人生求实相[3],追寻浮世苦真原[4]。

八边正道凭心念[5],四谛言行育德根[6]。

十二因缘轮运转[7],不须进寺也禅门[8]。

注：

①②佛陀释迦牟尼在世时并无创教。圆寂五百年后，弟子整理其言创建佛教，即大乘佛教，在中国传播最广，又叫汉传佛教。

③④佛教是觉悟者的教育，告知生命是苦和如何获得苦的止息的办法。

⑤⑥四圣谛、八正道，为佛家术语。

⑦揭示生死轮回的因果关系的十二个环节，每个环节都是前一个环节的结果，也是后一个环节的原因，形成了一个连续的因果链。

⑧佛教认为，佛门中的一切善法，不只存在于佛门之中，世间的各个角落都有，在家一样可以修行，人成即是佛成。

东岳泰山

怀满豪情两脚风,登临绝顶正逢春。
早知五岳首山秀,今守三更旭日真。
心沁松涛天籁韵,眸柔石刻藻辞殷。
帝王不用封禅祭①,天下舒眉直到神。

注:

①封禅,指古代帝王在太平盛世或天降祥瑞之时,到泰山祭祀天地。这种仪式不仅是为了感谢天地赋予的祥瑞,也是为了表明帝王的统治合乎天意。

南岳衡山

鸟朱化岳帝炎封[①],七十余峰佛意浓。

曙日霞光开观寺,晓风斜月笼洪钟。

一花五叶南禅盛,千载三湘学德鸿。

净植濂溪云接梦[②],大江东去国雍雍。

注:

①鸟朱为朱鸟,帝炎为炎帝倒置。传说南岳是炎帝鞭策朱鸟落地而成。

②净植,出自北宋周敦颐(号濂溪,湖南道州人)《爱莲说》,代指莲花。云接梦,为接云梦倒置,乃洞庭湖别称。

西岳华山

入云万丈道风深①，首拜秦皇正国音②。

太祖一棋知运命③，文公半路哭投寻④。

径斜壁立宗遥祭⑤，香勇山开母暖心⑥。

千古中华名藉此⑦，而今过客福求金。

注：

①华山在五岳中最高，是中国道教主流全真派圣地。

②秦始皇统一中国后，首祭华山，不仅具有政治意义，也象征着对国家山川的崇敬和整合。

③传说宋太祖赵匡胤早年在华山遇到陈抟老祖，老祖与太祖在华山东峰下棋，并赢得了华山。

④文公，指韩文公，韩愈。他被贬为潮州刺史，赴任途中登华山，行至苍龙岭，因心惊不敢下来，亦无法上去，上下无着，放声痛哭。写好遗书，扔下山谷。幸村民捡到，报告县令。于是，华阴县令派人将韩愈接下山谷。

⑤由于华山太险，所以唐代以前很少有人登临，皇帝祭祀

时多是"望祭"。

⑥香，指沉香，传说为扬州秀才刘彦昌与仙女三圣母所生子。三圣母之兄二郎神杨戬认为，妹妹仙人下凡破坏了天规，率天兵天将赶走刘彦昌，并把三圣母压在莲花峰下。沉香被灵芝大仙救出交给刘彦昌抚养。沉香长大成人决心救母，投师霹雳大仙学艺，持天赐宝斧，战胜舅舅二郎神，劈开西峰，救出母亲，一家人终于团聚。神话故事《宝莲灯》沉香劈山救出三圣母的故事，就发生在华山。

⑦清代著名学者章太炎考证"中华""华夏"皆藉华山而得名。

北岳恒山

接天仙气入峰丛,百岭层云万木风。
昨夜樽前言亘古,此时头上寺悬空[1]。
险寒驿道幽林密[2],奇妙常山阵势鸿[3]。
晋北雄关兵马剑[4],民心向背定勋功。

注:

[1]悬空寺,位于恒山脚下,是中国重要的文化遗产之一,始建于北魏后期,距今已有一千五百多年的历史,是世界上现存建于悬崖上最早的木结构建筑之一,是少有的佛、道、儒三教合一的古寺庙。

[2]太行山经恒山至秦皇岛的驿道,是秦皇古道,是恒山向西过太行山后通往蒙古高原的驰道。

[3]恒山在汉代叫常山,恒山的气势连绵奔腾,被历代兵家称之为"常山蛇",而主峰天峰岭远看又像一只庞大的神龟,龟蛇结合便组成"玄武"之象,即北岳的"真形"。

[4]古代的倒马关、紫荆关、平型关、雁门关、宁武关等都

是恒山的重要部分,是塞外高原通向太原盆地、冀中平原的咽喉要冲。

中岳嵩山

万年峭壁寺飞凌,阵势雄风列武僧。
文子验时分节季①,大家修历测星恒②。
窗寒书院儒思正③,柏古森林石札沉。
三教相融心信智④,千秋仰望夜空深⑤。

注:

①西周文王四子姬旦,利用土圭、木杆进行测影,以土圭之法测日影、求地中、验四时季节变化。

②大家,指元朝科学家郭守敬。他主持建造的观星台,是科学、宗教与政治相互作用的产物,不仅是中国现存最古老的天文台,也是世界上最著名的天文科学建筑物之一,反映了中国古代科学家在天文学上的卓越成就,在世界天文史、建筑史上都有很高价值。当时世界上最先进的历法——《授时历》的颁布,与登封观星台密不可分。

③嵩阳书院是中国最早传播儒家理学、祭祀儒家圣贤和举行考试的书院之一,北宋"四大书院"之一,因坐落在嵩山

之阳而得名。历史上，范仲淹、司马光、程颢、程颐、朱熹等先后在此讲学，《资治通鉴》部分卷章在此完成，著名典故"程门立雪"也发生在这里。

④嵩山是儒、佛、道三教的策源地，对三教的形成和传播都起到了极大的作用。

⑤以郭守敬为代表的元朝科学家，在天文、历法、水利和数学等方面都取得了卓越的成就，在世界科学技术史上地位崇高，国际天文学会把月球上的一座环形山，命名为"郭守敬环形山"，国际小行星中心将小行星命名为"郭守敬小行星"。

衡山日出

七十余峰开曙日,霞光紫气化甘霖。

一花五叶湖湘盛,向北江声大吕音①。

注:

①大吕,古代乐律名,十二律中六阴律的第一律。形容音乐或文辞庄严、正大、和谐和高妙。

韶　山

长龙绕屋立昏晨①，百姓躬身拜伟人。

满眼池塘荷卉洁，举头遍岭杜鹃春。

英雄出走无归影②，天地回还已历新。

千古恩辉同日月，世间景仰胜尊神。

注：

①长龙，指参观故居的人多。

②包括毛泽东的六位亲人在内的优秀的韶山儿女为革命光荣牺牲。

洞庭湖

八水归湖润楚乡①,自然恩赐米粮仓。
怨妃血泪流斑竹②,舜帝精魂远颂扬③。
屈子行吟天地动,范公悲喜岁年凉④。
千秋诗句豪情迈,人到潇湘自感伤。

注:

①八水,指湖南主要的四条水、湖北主要的四条河共同流入洞庭湖。

②怨妃,指传说中舜帝的二妃娥皇、女英。

③舜帝文化精神之魂,可称为"德为先,重教化"。

④范仲淹在庆历革新失败后,借《岳阳楼记》宽慰同仁"不以物喜,不以己悲",烘托了历史的沧桑与悲凉。

杭州西湖

隐约高楼耸岸边,扰惊一色地天连。

晓春苏堤游人漫,坛月波心梦影绵。

诗里小娟风雅韵[①],戏中娘子性情仙[②]。

千秋故事倾城恋,灵气湖山结善缘。

注:

①小娟,指苏小小,原名苏小娟,相传是南北朝时期南齐的歌妓,生活在钱塘(今杭州),她的形象建立在文化记忆与文学想象中,众多诗人从不同角度对她倾注了丰富的情感。

②娘子,指白素贞、白娘子。中国民间四大爱情传说之一,形象善良、自主、叛逆。

太　湖

千秋大泽孕江吴，七十余峰梦境姝[1]。
舟泛清波思接古，燕飞春雨影归芦。
范公潇洒银鱼乐[2]，罗令清寒善政图[3]。
湖畔凭窗渔火入，江南韵秀聚苏无[4]。

注：

[1]太湖有七十二峰，包括洞庭东山、洞庭西山等太湖名山。

[2]范公，指范蠡，传说晚年携西施隐居太湖。银鱼，是太湖的名产美食。

[3]罗县，指罗绮。他是清康熙时太湖县令，清廉有为，因常年操劳，在任上离世。县民以停市休业的方式悼念这位青天父母官。

[4]苏无，指苏州、无锡。

苏州夜

辉光映古门,倩影划心痕。

小拱凌波静,钟声入梦魂。

岳麓书院

名山书院始玄场①,经世怜民不禄堂②。
战乱兴衰师学泪③,穷愁忧乐岁年茫④。
硕儒会讲声名旺⑤,圣帝题书正脉香⑥。
惟楚有材斯乃盛⑦,是求事实国家强⑧。

注:

①岳麓书院最早为道士活动地,后曾建庵、寺、舍,为僧人办学场所。北宋开宝年间潭州太守朱洞在原僧人办学的遗址上,即岳麓山下的抱黄洞附近正式建立起岳麓书院。

②岳麓书院办学的宗旨是宣传理学思想、反对功名利禄之学,并在继承胡宏学统的同时,开展学术交流和探讨,从而形成和确立了具有自己学术特点的湖湘学派。

③④岳麓书院历史上曾遭受七次毁坏,分别是两宋之交时被战火洗劫,元军破长沙时被付之一炬,元末战乱时毁于战火,明张献忠攻长沙时被毁,吴三桂攻长沙时被毁,清太平天国时期毁半,民国时部分被日军轰炸毁坏。

⑤硕儒，指朱熹与张栻两位理学家。南宋时，朱熹来访岳麓书院，与张栻论学，举行了"朱张会讲"，推动了宋代理学和中国古代哲学的发展，这是中国古代文化史上的一件盛事。

⑥北宋时，宋真宗召见岳麓山长周式，御笔赐书"岳麓书院"四字门额；大厅中央悬挂的鎏金"学达性天"匾系康熙御赐，"性"指人性，"天"指天道，意在勉励学子弘扬理学、提升修养，同时，明示学子在此求学可以达到天人合一的最高境界；"道南正脉"匾是乾隆为表彰岳麓书院在传播理学方面的突出功绩所赐，高度评价岳麓书院所传播的湖湘理学为理学向南传播的正统学派。

⑦清嘉庆年间岳麓书院大修，山长袁名曜为大门撰写对联，出"惟楚有材"句，这句出自《左传》。贡生张中阶对出："于斯为盛。"

⑧是求事实，即实事求是。书院讲堂内悬有三块匾，分别镌刻着"实事求是""学达性天"和"道南正脉"。檐前悬着的"实事求是"匾为民国初期湖南工专校长宾步程所撰，源自东汉史学家班固撰写的《汉书·河间献王刘德传》。原文为"修学好古，实事求是"，是说西汉景帝第二子刘德在学经典、修礼乐时，喜好先秦诸子的古书，对旧书"求真是""留其正本"。这原本指一种严谨的治学态度和方法，属于经学和考据学中的命题，而后化身为历朝历代学者治学治史的座

右铭。湖南工专迁入岳麓书院时正是中国教育制度发生重大变革的关键时期，各种观点层出不穷，莫衷一是，将"实事求是"作为校训，旨在教育学生崇尚科学、追求真理。

重访岳麓书院（二首）

其一

几代儒宗照岁华[①]，千秋岳麓聚青霞。
感时云梦传欢笑，犹颂忠廉孝节嘉[②]。

注：

[①]大儒包括张栻、朱熹等岳麓书院讲学。这些人不仅丰富了岳麓书院的学术内容，也为中国的思想文化发展作出了重要的贡献。

[②]"忠孝廉节"，为岳麓书院山长张栻所提出，朱熹手书刻石于岳麓书院。此后，"忠孝廉节"之训遍及天下。

其二

正脉皇恩润彩章,一砖一瓦沁文香。
湘江向北东流去,立马潮头是岳郎[①]。

注:

①岳郎,指出自岳麓书院的士子。

重登北京香山

半生再上日光斜,山顶香炉看紫霞[①]。

万里衡阳归雁影,千秋庾岭早梅芽。

天时既正人伦乐,地脉钟灵国是嘉。

三十年来怀梦笔,华章难写学无涯。

注:

①山顶香炉,指香山顶峰香炉峰。

重登岳阳楼

默诵名篇上古楼,水天阴色雨丝稠。
湖波入眼凉风疾,岸苇摇姿往事悠。
百姓苦愁心里挂,千年忧乐泪中流。
湘江向北归东海,大浪奔腾振五洲。

北宋宋陵（二首）

其一

逐鹿中原万岁龙，残碑隐约颂和雍。

宽怀苏柳词情醉，寓世周程理义浓。

一夕边关烽火急，满朝文将策辞庸[1]。

何来五国伤心事[2]，寒雨萧萧问祖宗。

注：

[1]宋太祖及其继位者为了防止武将专横跋扈的弊端重现，重用文臣掌握军政大权。

[2]五国，指五国城（今黑龙江省依兰县城西北），靖康耻后，徽钦二帝关押至死地。

其二

缓缓步履印沙沉,旷野茫茫树木阴。
西望秦关兵马逸,回思汉塞宝枪擒①。
眼前石像无声息,风口贤臣满苦心。
七帝八陵今尚在②,可悲未有宋徽钦。

注:

①宝枪,汉大将霍去病擅长的兵器。

②七帝八陵,是指北宋时期在巩义市西南部的黄土丘陵上修建的皇陵群,其中包括七位皇帝和宋太祖赵匡胤之父赵弘殷的陵墓。

情系家园（十五首）

有人生在罗马，有人生在乡下，狗不嫌家贫，树高不离根，家在心安处，乡在幽梦中。

遥怀（三首）

其一

绿野井冈沔水边，雾深绕屋白轻烟。
杜鹃怒放山林涧，布鸟催耕谷雨前。
泉脉思恩生道性，祖宗诫训育后贤。
一村惯看云舒卷，多半终年百岁仙。

其二

宋室遗苗避乱迁[1]，客家坎坷幸安然。
灯前任督医经密[2]，星下攻防骨气坚[3]。
父逝家难餐饭苦，师严己律梦想圆。
秋风送桂长洲院[4]，入夜遥思到沔边。

注：
[1]桃坑宋室后人已繁衍至四十二代。

②③幼时父亲曾强求学中医及武术。

④长洲，苏州古称。

其三

铁犀镇守近千年①，欲护黎民两岸全。

风破寒窑连夜水，米稀釜锈几时钱。

揭竿百姓声名壮，面敌全身弹雨穿。

英烈无名中国立②，传家耕读出忠贤。

注：

①茶陵"铁犀"，俗称"铁牛"，已存世近八百年，现与"茶陵古城墙"共列为国家重点文物保护单位。

②在新民主主义革命时期，茶陵全县有三万多人为革命献身，占当时全县人口七分之一，其中，被正式追认在册的革命烈士有五千二百七十名，数量之多在湖南省县（市）中列居第三。一九五五年至一九六四年，被中央军委授予将军军衔的有二十五名，其中中将五名，少将二十名，将军人数之多在全国排名十二，位居湖南省第三，株洲市第一，堪称"将军之乡"。

母校一中(二首)

其一

百年学脉富真章,桃李群英贡献彰。
学长南来茶叙暖,一围热议盏冰凉。

其二

潇湘一度美惊名,学校今年又向荣。
风雨寒窗真有梦,师生接力织前程。

东阳湖

金秋云淡气凉深,记忆清新水底沉。
丹桂飘香羞稻穗,橘柑挂果诱童心。
离乡别井声催泪,筑坝防洪令策箴。
故地从前时寄梦,楼台伫望默无音。

忆 昔

杏坛三载荡胸藏,偶得机缘隐翅张。
夜半孤灯书页短,窗前小榻月中凉。
程门未见求方向,红袖相携向海洋。
湘楚流金追苦梦,长风伴我又开航。

白云山

白云绕岭星[①]，红卉暖山庭。

决眦青天际，悠悠觅鸟形。

注：

①岭星，指白云山最高峰摩星岭。

越秀山

云山余韵翠,五谷石羊形。
镇海楼风劲,红廊唱玉伶。

珠 江

天空飘彩带,落系广州腰。
汩汩东流去,悄悄两岸潮。

陈家祠

暮春信步到祠堂，济济虔诚访氏郎。

满眼雕工呈艺境[①]，惊心利贾摆文场。

画梁细雨鳌头梦，曲径红衣地角芳。

不见清风翻圣典，伯陶泉下喟然长[②]。

注：

①祠中多岭南传统工艺展示。

②伯陶，指陈伯陶，陈家祠建设主要发起人，一生忠君重教，也是暨南学堂（暨南大学前身）的主要创建人。

麓 湖

清淤成片水,花馥蝶衣多。
湖岸飘轻舞,微波举碧荷。

港珠澳大桥

三地一沙鸥,相连血脉流。

九年成一梦,国是远筹谋。

深中通道(二首)

其一

伶仃洋上过,热泪祭英雄①。
世纪潮头立,天途史笔鸿。

注:

①英雄,指文天祥。他曾有诗句"惶恐滩头说惶恐,零丁洋里叹零丁","零丁洋",即"伶仃洋"。

其二

一桥飞架接深中,两地连通似疾风。
洋面今无丁叹泪,复兴大路势如虹。

心丝语花（十三首）

默默无语，喃喃自语，未语泪先流，不到夜深，不到情深，何以评品人生况味？！

子 夜

子夜阑珊未入眠,一轮严月挂南天。
遥想哄曲人深睡,不觉西窗透雨烟。

南 下

南下三年又转场,夜深笔健枕床凉。
梅花芳馥寒冬历,海燕迎风自远扬。

新 居

云山脚下住多年,离远城中闹市边。
迁入高楼繁盛地,妻言似到舞台前。

慈　母

题记：荧屏中看到环卫工母亲，给高考儿子送水。

五更摸黑灶生烟，厚茧层层为小钱。
一句娘亲同落泪，音容隔断十多年。

珍珠婚

三十年前起誓言,几多事后举眉樽。

凝眸相对无多语,互数银头白发根。

示 儿

英伦此去著风华,心用求知拜大家。
应变发明开密地,创新方法辑流霞。
沙翁诗醉闲情雅①,牛子功成学德嘉②。
寸寸光阴金血汗,胸怀祖国弃三车③。

注:

①沙翁,指文学家莎士比亚。

②牛子,指科学家牛顿。

③指"三车和尚"的故事。唐朝时,窥基法师原本沉迷于世俗的享乐,带着三车(代表美女、酒和肉)出家。在佛法的熏陶下,他的内心觉醒并痛苦忏悔,最终放弃了这些世俗的负担,重新皈依佛门,并发奋修行,成为一代高僧。故事寓意通过艰苦的修行和内心的转变,一个人可以超越世俗的诱惑,最终精神得到觉醒和成就,实现精神的升华。

无 题

不期而遇阅楼明[①], 月夜风清倩影惊。

一眼终身前世定, 百杯况味永生盛。

幼儿冷热惊宵梦, 垂角春秋接送程[②]。

似水流年催鬓白, 归家喜见小孙迎。

注:

①阅楼, 指当年邂逅地。

②垂角, 指垂髫与总角年龄。

滚石三十周年广州音乐会感怀

卅年旋律染时光,一夜欢心滚石场。

沧桑世事如烟去,觅我风华在乐章。

抒 怀

风华故事已阑珊,清浅时光有至欢。
昨日江湖多苦乐,平生书剑又愁寒。
几回水暖空飘柳,无限枝摇影倚栏。
简旧楼台明月照,云舒云卷自心宽。

牡 丹（四首）

题记：过年买牡丹已成惯例，年三十当天到市场寻觅，未果。转角忽遇到两盆，枝叶憔悴，一口价捧回家。当晚，为其剪裁浇水，暗期奇迹。初一始，陆续全开，满屋春意盎然。

其一

街边瑟瑟叶枝黄，过客匆匆有艳妆。
已近春天温暖季，寒风斜雨落心伤。

其二

捧回翼翼上楼堂，洗尽浮尘转换装。
袅袅玉裳心绕梦，半因风雨半因狂。

其三

一阵晨风送远香,卷帘映入满红装。
花时长短无须计,意味新年运气祥。

其四

占尽风流洛纸荒,群芳艳冠作花王。
柔情国色添春气,蘸墨凝神写几行。

师情友谊(十一首)

相逢易,相识难,相知稀;师者如光微以致远,友者如茶越陈越香,新火试新茶,诗酒趁年华。

同窗致仕荣归

折桂成均实力优[①],江南江北各分游。
四年学霸留财院,千里家愁转策楼。
报国忠心鸿智出,荣归高节耻私牟。
乡间漫坐须斟酒,歌放东阳水上舟[②]。

注:

①成均,代指大学。
②东阳,指家乡东阳湖,人造水库。

奉赠恩师（二首）

题记：癸卯冬，苏州科大教授杨军先生伉俪抵穗。阔别多年，恩师儒风依然。从教以来，师以正能量激励后昆，一如大学课堂激扬"横渠四句"，其心境高迈，令人血热。今不揣冒昧拟句奉赠。癸卯大雪。

其一

白云逸彩殿兰悠[1]，角簕迎风树影柔[2]。
酿酒青樽人半醉，缃绸翰墨意深幽[3]。
抽签诵典诗浮梦[4]，论史存真句入愁[5]。
岁月无端添素鬓，华年已过六旬羞。

注：
[1] 白云，指广州白云宾馆。
[2] 角簕，三角梅，又称杜簕，岭南常见红叶植物。

③恩师将其书法作品分赠学生。

④大学时恩师要求学生分别从几百首唐诗中抽签背诵十首,通过者计六十分入该科总分。

⑤恩师告诫学生"知止守静",做人应存真,做学问应求真,其书斋曰"存真斋",并为"真"的缺失而忧。

其二

天地清灵茂苑收①,沧亭五百立千秋②。
乾嘉考据开宗派③,庆历图新去患忧④。
古驿横塘枝雾散,寒钟落月岸风柔。
平门时光青春梦,默默遥思北寺楼⑤。

注:

①茂苑,苏州古称。

②沧亭,指沧浪亭,苏州最早园林之一,中有历代与苏州相关的五百人"名贤祠",范仲淹、顾炎武等位列其中。

③乾嘉,乾嘉学派,清朝前期的一个学术流派,以对中国古代社会历史各个方面的考据而著称。学派在乾隆、嘉庆两朝达到鼎盛,以顾炎武为代表。

④庆历，宋仁宗年号。范仲淹在宋仁宗支持下发动了以改变北宋建国以来积贫积弱局面的一场政治改革运动。

⑤北寺楼，指北寺塔，苏州报恩寺塔的俗称，传孙权为报母恩而建，可与苏科大平门校址互望。

赠 师（二首）

题记：初中毕业三十年，与同学一起探望老师。

其一

阔别恩师三十年，常思青涩夜难眠。
岭南正值春风暖，樽洁珠江话客船。

其二

健步翩翩似半仙，动容逐一说从前。
全心教学青苗壮，欣慰师门有隽贤。

赠 友

潇湘才俊富高情,岳麓清风傲骨铮。
青涩畅怀兴国梦,鬓斑致仕踏歌行。
求新探路超前辈,破颈追标起后生。
万岭磅礴观主脉,京华伫立自尊荣。

别校园（五首）

其一

汽笛三声别月台，四年岁月不复来。
校园从此难回看，入梦今宵北寺徊。

其二

有人寂寞有人丰，收拾书箱远望空。
可惜新园无福去，何时聚叙待东风。

其三

领导殷勤话动情，今宵过后各奔行。
且凭杯酒宽愁绪，四载同窗记一生。

其四

球场竞技每分争,课室微言论述明。
周末郊游齐笑乐,江湖此后各孤行。

其五

留言本上露真诚,调侃顽皮语句精。
自信前途皆远大,风华岁月敢天行。

附 散文

感恩父母,感恩老师,致敬新时代!

我的母亲

我家在罗霄山脉森林深处,是一个偏僻的客家小山村,地广人稀,也是全县最后通公路的乡村。从我懂事起,就知道,我母亲是个忙人,也是能人,她虽然识字不多,但能说会道,会各种农活,在方圆几十里也小有名气。每逢重要节日,母亲组织一家大小忙碌起来,祭神拜祖,忙而不乱,指挥有序。

每年家里卖掉两窝小猪,和每月自家养的家禽及鲜蛋,再加上大哥在县城从微薄的工资中挤出部分钱寄回家,全家十多口人一日三餐粗茶淡饭基本有保障。但自从父亲长病,尤其是两次到长沙手术后,家里生活愈发窘迫,继无力供大哥上高中后,二哥初中毕业后也不得不终止学业,为家里挣工分。小时候很难见到父母脸上有喜色,现在想来那时父母真有太多的苦与难了。

在我小学毕业准备入读初中的时候,父亲病逝了。安葬完父亲,我对读书也不抱多大期望。家中境况助长了三哥与妹妹的厌学,未及小学毕业就辍学了。尽管我一直成绩优秀也渴望读书,但我也懂,靠在县城小工厂工作的大哥微薄工资与队里有限的工分,我辍学也是迟早的事。母亲率先擦干眼泪,与三位哥哥商量说,再难再苦也要让老四多读点书,家里一定要出个高中生。当时,家中六个孩子只有大哥成家,我排行老四,弟弟才三岁。其实母亲那时对能否一直供得起我读书,心里也没有底。

也算争气,我从乡下初中终于考上了全县最好的高中,两年后高考分数又超过了重点线。高兴之余我很快冷静下来,我不想让母亲与兄嫂负担太重,填报志愿时在班主任的指导下选择了不需要交纳生活费的院系专业,并安慰母亲说,大家都抢着填报呢。在收到大学录取通知书那天,没想到细心的母亲早知内情,竟然泪流满面,我想她是为我即将跳出农村而高兴,又觉得没能力让我如愿选择更好的大学而内疚。

大学毕业时我选择了离家最近的城市工作,离母亲近些,她就不用太牵挂,也方便我不时探望。随着改革开放的深入,家境也明显好转。工作七年后,伟人在南方画了圈,我有些渴望沿海更加奔腾的生活,可又怕提出来惹母亲不高兴。知子莫如母,她见我吞吞吐吐地说着想法,竟平静地说,"现在家里生活比以前好多了,你哥几个都在我身边,你就放心去闯吧。"

定居广州后的第一年,我携妻儿回老家与母亲一起过年,见到虎头虎脑的孙子,她老人家无比高兴,好吃好玩的拿不停。

入夜，妻儿已熟睡，母亲在门外唤着我的小名，我应声披衣起身。看她神情是有话要对我说。母亲拉着我的手在小圆桌边坐下。她先询问了孩子的一些琐事，忽然她鼻子一酸泪光闪闪，嘱咐我要让孩子上好学校，照看好他，别在钱财使用上为难孩子。原来是白天小孙子与她闹腾，触及她内心深处的记忆。当年我未能报读心仪的大学，上大学时连一双没有补丁的鞋子也找不出来，高中毕业时连班上合影的钱都交不出，这些于母亲都是难解的心结。拉着母亲的手，我一边应承着，一边宽慰着她。

有几年没有回老家过年，母亲便托人将自己种的花生带到广州，并且叮嘱要多给孙子吃，反复叨念着没打农药放心吃。渐渐地我发现她送的花生一年年小了，起初以为是天旱缺水所致，怕她误会我们嫌弃，便没有明问，后来与二哥电话中聊天才得知，母亲每年坚持亲自翻土亲自种，体力难济，地翻得不够松，花生自然长得小了。

二零一二年中秋，因工作安排原因，无法与她团聚过节，便提前回老家看她。临别汽车开动时，她突然奔了过来，我以为她有要事说，赶紧下车迎过去，她只是拉着我的手一直哭就是不说话。我承诺春节再回来看她，她才一边点头应着一边松开手。未曾想到，这竟是母子最后的见面。

隆冬时节，勤劳、善良、坚忍一生的母亲不再操劳了，舍下她日夜牵挂的子子孙孙走了。当我赶到她身边时,她已说不出话来。弥留之际,她始终牵挂在国外留学的孙子日夜兼程赶了回来,四代人围聚在她身边,她脸上挂着微笑满脸慈光。母亲应该是放心了,子孙成长成才,生活安定无忧,她走得十分安详。

母亲一生,十分不易。还在腹中时,她的父亲就牺牲在井冈山,她从小与母亲孤苦伶仃,这也养成了她后来刚强执着的个性。她历经苦难,与命运抗争,心力体力都倾注在服侍久病的丈夫与养育拉扯儿女成长上,古稀之年还亲力照看多个孙子孙女,忙碌操劳毫无怨言。母亲走后很多时候我不由自主地反思自己,对她照料上的确存在疏忽,专注于自己的工作和前程,而与她聊往事、拉家常不够,留下的合影也甚少。每想到这些,内心无比愧疚,久久无法释怀……天下儿女,难免为生计为理想奔波而离开老家,真正做到"父母在,不远游"很难,但平时多用心与父母交流,关心他们健康应全力做到最好。

当历经沧桑,自己也渐渐老去,更能体会到,父母在,心就安定,就有力量;尤其回到乡下老屋,回忆小时与父母一起生活的场景,更难抑制对父母的无尽思念。父母在,真好……

(本文以《在妈妈老去的时光听她把儿时慢慢讲》为题,发表在二〇二二年四月三日《株洲日报》A3,有删改)

我的老师

人的一生，不可能无师自通，少不了老师的引路与解难；如果能遇到好老师，那是一生的幸事。

小学时，我的多位老师是民办教师，他们拿着很低的津贴或工分，教学非常认真，尽管受自身客观条件限制，有的只有初中毕业文化，知识积累与思维训练可能不够系统专业，但该给学生的毫无保留。许多老师还是同村人，与家长都熟悉，有的还有亲戚关系，师生关系也十分融洽。一般到了小学四五年级，才由公办教师接着教。有人说，要了解中国农村教育，首先要尊重民办教师，承认他们的历史地位与辛勤付出，这是有道理的；于我所在的小山村，如果没有民办教师，就连基本的启蒙教育都成问题。

有意思的是，教我美术的李老师，竟然曾经是我父亲的学生。此前我并不知道父亲还当过民办代课教师。小学启蒙时，我体弱多病，请假多，但学习成绩一直优秀，并不因缺课而受到影响。但父亲固执己见，非要我重读一年不可，对此校长很不解，母亲也很生气，我自己抵抗了半天也无济于事。

我不愿重读，是不想被误以为是我成绩不好而留级的。不过现在想来，也能理解父亲的做法。当初三个哥哥都上学去了，我又贪玩，怕我到河里玩水出事，通过与校长的沟通，同意让我以试读生身份进入教室跟着听课，与我三哥同班，便于他照管我。在父亲看来，打好小学基础马虎不得，这也许是一位民办教师的远见吧。

在我以优异成绩升入初中的前夕，父亲因病去世了，这于家于我如同天塌。就是在这样沉重的心境下，我开始了初中生活。当时恢复高考的消息，成了社会的热点。尽管是在农村乡下，大家纷纷议论着，尤其是大人家长，对孩子少不了反复唠叨，都希望自家的孩子能考出去，吃上国家粮，哪怕上个中专也好。那时毕竟是初中新生，对大人们上心的事似懂非懂，但通过课堂上老师不断地"打鸡血"，也觉得应好好学习，争取跳出农村，去外边看看世界。

然而，在师资等条件十分有限的偏僻乡村，要考出去谈何容易。虽然初中的老师都是公办教师，但有的课仍然是一人兼着上。印象深刻的是初二开的英语课，当教室门打开时同学都愣了，只见教语文的赖老师走了进来，不紧不慢地说，暑假经过县里的培训，他担任英语课老师了。后来的事实表明，赖老师的确是"教中学、学中教"，可整个班的英语成绩也并不差。赖老师也是班主任，对学生要求最严格，他常以激将法激励学生奋发向上。初中对我语文方面影响大的是郭老师与林老师。林老师是私塾出身，一身儒风，书法好，诗词也好，曾要求学生仿写古诗，无论是在当时还是现在，这都显得有点不合时宜。虽然仿写的只能算是打油诗，不强调押什么平水韵，也不严格计较平仄，但我却兴趣浓厚，写了多首，竟获得他老人家好评，大意是，别具一格，坚持写下去，必可喜可贺。而他那手潇洒婉约如智永风格饱含感情的书法，无论是粉笔、钢笔，还是毛笔，同学都很喜欢，我更是反复悄悄模仿。前几年回老家，我特意去乡下看望他，快九十高寿了，除了腿脚不太灵活，头脑很清醒，谈起以前，都记忆犹新。未曾想到，师生见面不到一年，就传来他仙逝的消息，令人伤感。至于赖老师，身体一直欠安，在初中毕业四十周年时，我专程到医院去看望过他，日前打听到他的近况，非常欣慰，祝愿他健康长寿。

初中毕业时，两个班的同学，有五人被掐尖录入县一中，我有幸成为其中之一。到了全县最好的中学，初中的那点光环就自然黯淡了，加上有的老师方言重，上课难听清，我成绩一度不稳定。班主任谭老师多次与我谈心，帮我分析原因，不断鼓励我。文理分班后，我更是铆足劲全心学习。可班主任王老师对我偏科产生了隐忧，约我到办公室深谈良久。他直言不讳说，我的数学成绩一定要赶上来，否则高考要吃很大的哑巴亏,文科生,拼命也要把数学分提上来,其他课大家差异不大;以我现有的成绩考上大学不难,但要上名校有点悬。并且他在学年评语中将上述意见也写了进去,还告诉教数学的陈老师,要多帮助我。在老师的关心下,高中最后一个学期,我的数学成绩终于上来了,记得有次考几何,我竟然成了全班满分的三位学生之一。

回忆起初高中阶段,一位位老师,是那么可亲可敬,就像家长一般,不仅教书育人,而且以他们特有的责任感与爱心,抚慰学生的心灵与情绪,他们的音容至今历历眼前。中小学教育对人的"三观"塑造至关重要,教师是否负责、是否得法、是否能做到"有教无类",影响着每位学子的人生,说教育是百年大计,一点也不为过。我很庆幸,也很感恩在基础教育阶段,能遇到尽职尽责的好教师。

离开县城,第一次看到火车,很是兴奋。因上大学才坐上火车,在今天肯定会被人笑话,但那时像我这样没见过世面的"土包子"大有人在。几经周折,我十六岁的青春身影,终于从湘赣原始丛林中的小山村,出现在苏州的大学校园里。

现在的人,很难体会二十世纪八十年代大学师生间那种真挚的情谊。我仍然记得课堂内外,唐老师、杨老师、周老师、卢老师、孙老师、徐老师、王老师、朱老师、陈老师、宋老师,还有班主任张老师等的风采。我更不敢忘记,那年临近放假，我因家里寄出的路费迟到，面临在外过春节的窘迫时，周、卢两位老师伉俪二人迎着寒风到学生宿舍将火车票送到我手中的那份真情。那时学生到老师家登门请教是很平常的事。每次到杨老师家，老师对学习点拨精准，师母还会热情地拿出水果饼干花生等招待。久而久之，上老师家既是请教，也是解馋。

杨老师师从学界泰斗霍松林先生，饱经国学浸润，举止儒雅，玉树临风，讲授文学作品深受学生欢迎。他的考试方法也每出奇招，很是创新。记得考唐代文学时，他强调诵读童子功，每位学生需先从几百首诗中任意抽十首，能流畅背诵方为及格。如今还能腹有唐诗，应功归严师。我的学年论文与毕业论文都是杨老师指导的。他指导论文的方式，也非常特别，面对面不苟言笑，先不看论文，而让学生先介绍看过的书与文章。杨老师博学多才，除了古典文学研究著作等身，在书法篆刻等方面很有研究，每届学生中都有许多人因他的引导而真正喜欢上书法艺术。能为学生铭记一生的老师是好老师，诚如孔子在《论语·公冶长》里所言，"老者安之，朋友信之，少者怀之。"我想，杨老师是当之无愧的。

本科教育阶段，我由未成年人到成年人，学校的学风与老师的作风对我影响非常大，甚至可以说是刻骨铭心。至今想起大学的生活学习仍会不由自主地满怀对母校对老师的感恩。我想，这也正是大学的价值与意义所在吧。

如今我的老师都已退休多年，有的已不在人世了，老师的学生也陆续到了退休的年纪，这也是自然规律；但不论为师还是为生，人的精神可以常春常新，正所谓"出走多年，归来少年"。总会有春天接踵而至，年复一年，无论在江南还是岭南，吾师不老，吾辈不老，我们的国家，我们的时代，永葆青春。

（本文部分内容以《岁月悠悠真情在》为题，发表在二〇二四年一月十七日《金羊网》"金羊文化"）

后　记

　　一直希望有一天，能将自己四十年来写的诗结集出版，当这一愿望即将实现时，才真切体会到，看似寻常的事，做起来还真不容易。要从记忆的大海里，将一首首诗"勾起梳洗"，的确费时耗力；虽有诗稿随我浪迹后断断续续残存，但一年来的反复修改、核校，着实甚为劳神，且都是在节假日与夜深人静的时候。尽管亲力亲为，态度端正，作风也算严实，但肯定存在疏忽错漏之处，本人始终抱有"诗成却愧无佳句""独自妆成却自羞"的自知之明。

　　掩卷静思，无论是记录、纪念时间还是空间，窃以为本书的视角是特别的，文史知识点也是丰富有意义的；尤其是可以让人相信，诗歌包括近体诗仍然能够抒发新时代的个人情感，并且也能够走进并表现当代壮阔的生活。

　　《清风明月一路诗》得以如愿付梓，离不开出版社相关专业人员的辛勤付出，尤其是责任编辑、责任校对的认真负责，令人感动，在此谨表我真诚的谢意；对亲戚朋友、校友诗友关心关注书的出版，也表示衷心感谢；还要特别感谢摄影专家潘平先生，为书的封面提供精美的照片，丰富了书的意境。

  最后，我要真诚感谢每一位阅读本书的读者。是你们的阅读，使本书有了更重要的意义。我衷心希望，本书能够带来一些启发与思考，于忙碌的日常生活中多点关注心灵的滋养，让更多的包括阅读与写作在内的兴趣爱好走进业余时间，也希望你们在浏览本书的过程中收获知识与快乐。同时，我也十分期待读者朋友的反馈与建议，以便我提升完善未来的文学写作。

二〇二四年十二月